故事海
SEA OF STORIES

粮草官

海飞 赵晖 著

作家出版社

目　录
CONTENTS

零

陈集安从日本回到辽东云城县，是在万历二十六年的九月十八。那天傍晚林依兰正在云河边浣洗衣裳，陪伴她的是六岁的儿子小九连。

　　九月的风渐渐吹起，远处是层层叠叠的霞光。小九连剥光了衣裳只剩一条裤衩，走在浅可见底的水里摇摇晃晃。这个夏天的尾声里，小九连十分羡慕云河里的鱼，羡慕它们能自由自在游在水底，可惜他都在水里拍打了很多天，身子却始终不能浮起。所以他就想，自己都六岁了，为什么还不如一条鱼？

　　远处密集的尘埃就是在这时候升起，飞扬在细瘦的官道上。小九连盯着尘埃翻滚的方向，看见沙尘渐渐像浓雾一样飘散。后来浓雾下的官道变得跟筷子一样清晰，小九连于是看见一匹枣红色的马。马在热烈地奔跑，很像一团跳动的火。此时他迫不及待非常兴奋地喊了一声：娘！他的声音那么高昂，吓跑了很多鱼。

那天蹲在水边的林依兰抬头。她在璀璨的霞光中渐渐确定，远处马背上的男人果然是从日本归来的陈集安，也就是离开她已经有一年多的陈集安。

作为云城县的县令，陈集安这天从遥远的日本回来了，他把太多的路程甩在了身后。夜里的县府衙门月色宁静，小九连站在了陈集安身边，很长时间盯着他的云南斩马刀。斩马刀寂静，反射着暗夜里毛茸茸的光芒。小九连说安叔，娘说你去日本是为了寻找一个男人，他的名字是不是叫竹下乱袍？

月色更加清凉，此时陈集安望向林依兰，过去的日子开始在他心里流淌。但他听见小九连又问，竹下乱袍是不是一个断臂的男人，安叔去找他，是因为他欠了你很多银子吗？

陈集安笑了。陈集安说，竹下乱袍欠我们的不是银子，而是欠下了许多条人命。

小九连听到这里不禁脖子一缩，他再次望向云南斩马刀时，仿佛觉得刀身已经变得很烫。但是小九连还是希望陈集安跟他好好讲一讲，竹下乱袍为什么就欠下了那么多条的人命，所以他说安叔，我都已经六岁了，我很快就会长大，你的故事我不怕。

陈集安于是目光飘远，在林依兰的凝望中，他的思绪回到了五年前。故事开始于一场盛大的雪。

壹　云城

1

五年前，陈集安被扔出大雪纷飞的县府衙门时，并没有想到会在那样一个冰天雪地的深夜，遇见从九连城连夜赶来的林依兰。在此之前，他被四名云城县的衙役轻而易举地拎起，抛向了衙门前那片广阔的雪地。

风将衙门前的灯笼吹得左右摇晃，陈集安躺在雪地中央，希望从此以后不再醒来。后来他让眼睛缓缓睁开，看见夜空中砸下来的雪，也似乎看见密集的雪花中突然落下一把锋利的铡刀，咔嚓一声就是血光四溅，继而就有一颗人头落地。

人头滚落在雪地，陈集安听见整个世界陷入一片永久的窒息。

那天林依兰从几十里外的九连城赶来，两名身披铠甲的随从护卫，是辽东都司定辽右卫的铁骑军兵勇。林依兰骑了一匹蒙古战马，到达衙门附近时忽然听见嘭的一声，好像来自暗夜的深处。她望见一堆积雪声势浩大地扬起，便以为是跑在前面的随从，掉落了马背上随身携带的那只粮袋。但她很快又听见一声疲倦的呻吟，也看见陈集安仿佛被砸晕的一只野狗，正十分艰难地想要让自己站起来。

万历二十一年的夜色苍茫透顶。两人四目相望的那一刻，都在突如其来的骇异中止不住颤抖。林依兰听见陈集安的声音颠沛流离，有着汹涌的悲伤。

陈集安说，丹东没了。大哥要被砍头了……

2

万历二十一年上元节，灰暗的云城县跟热闹与喜庆无关。

一个时辰前，正在城里夜巡的巡检司巡检陈集安被县令刘四宝火速召集，即刻赶往城西的食为天粮草库库房。库房里装满粮草的麻袋堆积如山，陈集安还没来得及跺掉积聚在靰鞡鞋上的雪，就见到了出现在眼前的粮草官一条鞭。一条鞭是东征军的把总官，奉命从朝鲜前线过来运粮，到达云城已经两天。他提着一条带刺的马鞭，很不满意地抽了抽鼻子，在陈集安面前来回踱了几步。

陈集安带了巡检司的两名弓兵，身后还跟了一条狗。狗蹲在地上洋洋自得，吐出猩红的舌头，一条鞭于是举起马鞭指向陈集安那张脸，说陈什么安，麻烦你睁开那双狗眼，给我好好看一看。

个子矮小的刘四宝县令就在身旁，此时他很及时地上前两步，说鞭把总，他叫陈集安，赶集的集，长安的安。他是我们巡检司巡检，在这个位子上待了有两年。

一条鞭对着墙角撒出一泡尿。尿液升腾出阵阵热气，他在撒完以后身子一抖，说原来是赶集的集，我差点以为是尿急的急。

刘四宝捻摸着几根稀疏的胡须，笑出来的声音比较含糊。

陈集安什么也没说，只是看了一眼身边的弓兵马前草，示意他将提在手中的灯笼举高。

暗红的灯笼贴着一个云城的云字，马前草提着它从左边慢慢移到右边，陈集安于是在散淡的光线里很快发现，堆在南边石柱旁的苞米堆矮了一截，很明显是丢失了其中的一袋。此时他还未来得及开口，蹲在脚边的那条名叫丹东的狗就猛然抬头，对着库房屋顶方向迫不及待狂叫了两声。

陈集安说丹东你待在这里别动，然后他脚尖一提向上跨出几个箭步，瞬间就登上了堆积成两丈多高的粮袋垛的顶层。他看见粮库屋顶的几块瓦片被掀开，两根瓦椽条也被砍断，说明盗粮贼是从这里进入，并且将苞米运出。接着陈集安纵身一跃，钻出那个硕大的窟窿。可是等他来到屋顶，却见到丹东比他更早一步，已经提前出现在屋顶那片雪地上。丹东望向一排远去的脚印，埋下脑袋闻了闻，然而它正要撒腿奔出时，却听见陈集安喊了一声回来。陈集安说，这样的案子不需要你插手。

丹东于是很听话地坐下，坐下以后盯着陈集安脚上那双牛皮缝制的靰鞡鞋。西北风很潦草地经过，很久以后丹东走去被偷粮贼挖开的洞口，看见一条鞭也正昂头望向洞口。一条鞭喷了喷鼻子跟刘四宝说，刘县令我给你一个晚上的时间，过了今晚你们那个陈赶集要是没有追回那袋苞米，明天早上让他提头来见。

3

然而刘四宝县令没有想到，登上粮库房屋顶的陈集安不仅没有急着查案，反而躺在屋顶雪地上几乎睡着了。躺下的陈集安抱着丹东，像是抱着一床软绵绵的被子，头底下枕着随身携带的云南斩马刀。他望向黑咕隆咚的夜空，觉得可能又要下雪，然后就想到底是哪个王八蛋胆子那么大，竟然连东征军的征粮也敢偷。

九个月前的万历二十年四月，日本国关白丰臣秀吉以假道朝鲜进攻明朝为名，下令陆海军总共三十万大军入侵朝鲜。倭军于四月十四日在釜山登陆，仅用十九天就攻陷朝鲜王京汉城，此后更是势如破竹，又于六月十五日拿下平壤，其所到之处焚烧劫掠胡作非为，仅晋州一地就屠杀军民总计六万人。朝鲜是明朝藩属国，国王李昖重文轻武，境内八道武备废弛，加上朝廷内部派系斗争激烈，所以战斗力几近于无。李昖后来从平壤出逃，流亡至中朝边境的义州，遂遣使向大明王朝万历皇帝求援，皇帝于是派出抗倭东征军，远赴朝鲜参战。

陈集安躺在地上，任由丹东情意绵绵地舔着他的脖子和耳朵。丹东原来的主人是范石器。范石器胡子拉碴，是之前云城架阁库的守卫，负责看守架阁库的档案和卷宗。

范石器是陈集安的插香兄弟，陈集安叫他大哥。去年夏天，因为援朝战争打响，范石器应召入伍。范石器加入辽东副总兵祖承训将军率领的五千人部队，渡过鸭绿江以后直奔朝鲜，那时候跟他一起入伍的还有他在云城的另外两个兄弟——三弟丁生金以及四弟赵小花，他们三人再加上一个陈集安，号称云城"四朵云"。

陈集安至今记得，离开云城的那天，范石器说陈集安你在云城好好待着，等我们从朝鲜回来要是发现丹东少了一根毛，小心我抽你。陈集安问他有没有数过丹东身上到底有几根毛？范石器就抱起丹东说，以后让它每天给你暖被窝。

现在陈集安不慌不忙躺在雪地上，觉得耳朵根又热又痒，脖子上也是一片潮湿。他怀疑是丹东在他身上撒尿，却听见有人压低声音喊了一声，安巡检，你是不是在开玩笑？你再不过去查苞米，刘县令可能随时会爬上来跳楼。

陈集安见到的是在屋面上只露出一个脑袋的王芙蓉。王芙蓉应该是踩在一把梯子上，他是跟随夜巡的另外一名弓兵。此时空中果然落下三三两两的雪片，陈集安于是问王芙蓉，我刚才到底躺了有多久？王芙蓉说一刻钟，哦，不对，可能也有两刻钟。陈集安就揉了揉脖子，他说不管是一刻钟还是两刻钟，总归这些时间刚刚好。

陈集安懒洋洋站起，发现落到眼前的雪片更加密集。他在站起以后放眼望去，看见眼底的整个云城，灯火实在是少得可怜。上元节如此死气沉沉的云城，倒像是鬼节。

云城的噩梦始于去年夏天的那场洪水，洪水让云城变成一片泽国。那场洪水摧城拔寨带走人畜无数，以至于田里庄稼朽烂，众多百姓流离失所。洪水过后是秋天，秋天里云城人盯着田地里仅有的一点收成，结果庄稼就要收割的前一天，云城艳阳高照的午后突然迅速进入黑夜。黑压压的蝗虫遮天蔽日风卷残云，所到之处就连一片树叶也没有留下。然后是这一年的春节即将到来时，刘四宝县令又收到前线送来的一份加急羽书，羽书表达了两层意思：给援朝前线的东征军征粮两百石。粮草必须在上元节左右开拔。

刘四宝是个很乖巧的县令。接到羽书的那天，陈集安问他怎么办？刘四宝说还能怎么办？砸锅卖铁也要办。陈集安说百姓实在没有粮，连墙洞里的老鼠都吃光了。城西的白鹅屯，饥民开始为争夺野草与树皮而动刀相杀。刘四宝就把眉头很夸张地皱了一下，他说那这地方以后就不要叫白鹅屯，干脆叫它个老鼠屯。刘四宝最后说，陈集安你别忘了，你们云城四朵云，另外三朵也在朝鲜等着吃粮。

征粮任务的派发及催收，当天下午就在城南城北展开，那也是县府衙门与当地百姓展开的一场无休止的较量。陈集安不会忘记，出现在云城街头的越来越多的饥民，饥民饿死在路边，皮包骨头的尸体又被野狗给拖走。

现在陈集安依旧站在屋顶，抱着那把云南斩马刀，在雪花渐起的夜色里走来走去。王芙蓉很急，他一直踩在马前草给他搬来的梯子上，就等着陈集安下去带他查案。马前草站在梯子下，问他到底好了没有，王芙蓉说你别吵，你只要负责把梯子给我扶好。这时候陈集安将眼睛闭上说，王芙蓉你告诉我，自从苞米被偷，你估计到了现在总共有多久？

4

在云城，陈集安是响当当的巡检，办了许多了不起的案子，所以他的"四朵云"兄弟，也让云城人记忆深刻。云城四朵云包括"瀑布云"范石器，"火烧云"陈集安，"鱼鳞云"丁生金，还有最小的"棉花云"赵小花。云城许多人都有这样的共识，遇到麻烦只要找到"四朵云"，就没有办不了的事。

王芙蓉记得，这天差不多是亥初三刻的时候，陈集安很认真地说王芙蓉你记一下，云河西路，大概是甲二十四到甲二十八号之间。

王芙蓉有点摸不着头脑，他站在梯子上很潦草地望向云河西路，望见一团比较奢侈的灯火。此时灯火中有一股缭绕的烟正在升起。王芙蓉正想询问原因，听见陈集安又说，不对，云河西路那个方位是郝富贵家。郝富贵富得流油，他们家当然会有余粮。

陈集安后来盯住的方位，他认为是豆腐渣胡同。豆腐渣胡同家家户户黑灯瞎火，但是来自雪地的光芒仿佛有一种透明的效果。但是也就是在那片冰冻的透明中，陈集安见到了这天夜里的第二股烟。细小的烟慢腾腾升起，很快被风吹走。陈集安想，苞米现在有着落了。

陈集安大致估算了一下，豆腐渣胡同炊烟升起的位置，差不多是刘破问家。他对刘破问太了解了，那个自称刘伯温再世的家伙外号烧饼哥，自称能替人摸骨算命，而且每次都免费。陈集安站在那里自言自语，刘破问你胆子真肥，我要是抓你一个现行，那你这辈子就死定了。这时候趴在雪地上的丹东猛地跳跃起身子，对着陈集安一连吠叫了好几声。丹东又咬住陈集安裤腿，拼命要把他往屋底下拽。陈集安说丹东你今天肯定是疯了，信不信我抽你？丹东却把头抬起，目光血红，好像有很多事情令它想不通。

王芙蓉也见到了那股炊烟，他听见陈集安说去找刘破问，丢失的苞米在他家里。王芙蓉一下子佩服得五体投地，心想陈集安说得真有道理。他想该死的刘破问先是偷走了苞米，回家以后又饿得熬不住了，所以就迫不及待开始煮苞米，不然他家在这么晚的夜里，怎么可能会升起炊烟？但是王芙蓉在梯子上刚刚倒退出两步，就见到等不及的丹东突然从雪地上蹿出。丹东样子十分迅猛，越过他头顶时就那样凌空飞了出去，瞬间到达马前草脚下的那片雪地。到达地面时，丹东向前冲出摔了一跤，以至于嘴里发出一阵痛楚的哀鸣。

马前草不知道发生了什么，但他觉得丹东从来没有这么着急。他听见丹东再次奔出去的时候，嘴里连续呜咽了几声，声音有点凄厉。接着马前草就看到，此时刘四宝县令和一条鞭已经带着手下赶到，一条鞭望向丹东一路狂奔的背影，跟手下兵勇喊了一声：跟上！

5

刘破问去年春天曾经坐在陈集安门前，扔出两片骨牌后说这是我给你算的第三卦，你今年桃花折枝，流年不利。那时候陈集安正把冬天里滑雪的两块雪橇板收起。陈集安说刘破问你见过桃花吗？刘破问说桃花只是打一个比方，其实说的就是跟你一起滑雪的林依兰。林依兰父亲是定辽右卫守备，那时候驻扎在云城。刘破问说你想跟她在一起，简直是白日里做梦。

陈集安说刘破问你也经常做梦，你做梦都想成为刘伯温。

然后是今年春节前的一个下午，刘破问又在梅花街上拦住陈集安，说我没说错吧？人家林依兰噗的一声飞走了，林守备换防，带她去了九连城。又说有没有听说，范石器他们的援朝队伍，去了朝鲜被日本人包了饺子，可能已经全军覆没。陈集安听到这里于是抬腿一脚，把刘破问踢飞，飞出去有一丈多远。

然而关于祖承训将军在朝鲜受挫的消息，的确在云城传得有鼻子有眼。传说明军进攻平壤时适逢大雨，导致火器失效。那次游击将军史儒当场阵亡，军队溃散百里，官兵互相踩踏死伤无数。又说向明军发射冷箭的，竟然有被倭寇俘虏的朝鲜人，而且更加荒唐的，是朝鲜并不向千里来援的明军提供粮草，所以明军将士们饿得发慌，肚皮贴到了后背上，一时之间饿死无数。

传说总归只是传说，陈集安觉得范石器不可能那么倒霉。但是随着阵亡通知一份又一份送到云城，陈集安终究还是坐不住了。他曾经在无数个深夜里无法入眠，睡梦里他听见惊天动地的厮杀，也看见血流成河。最让他心悸的一次，是他半夜躺在床上听见屋外响起一阵嘻嘻哈哈，声音明显是属于范石器和丁生金他们。那时候他从床上跳下，可是冲到门外时才发现，整条街上连人影都没有一个。陈集安于是承认，自己开始有了幻觉。

现在陈集安从粮草库的屋顶跃下，听见丹东的吠叫声依旧在不远处升起，声音正朝豆腐渣胡同冲去。与此同时，一条鞭的那些手下也在狂追，声音此起彼伏，听起来令人心有余悸。

6

　　陈集安提着云南斩马刀也朝豆腐渣胡同赶去，虽然他觉得没必要这么大动干戈，捉拿一个刘破问，那还不是轻而易举？

　　到达胡同附近的落马桥时，陈集安已经很清晰地闻到一股苞米煮熟的气息，那是一种又糯又甜的香味，勾起他遥远的记忆。此时他听见丹东游移不定的呜咽声，声音依旧显得焦躁，他上前，却猛然见到一个人影从远处麦秸垛上嗖的一声，顷刻间跃向了隔壁打铁铺的屋顶。陈集安说还想逃，于是就步子一提，整个人跟了上去。

　　雪花飘飘扬扬，跃起身子的陈集安还没到达屋顶，就跟大鹏展翅般伸手一探，盯准人影瞬间抓住了那人的一只袖子。他喊了一声给我下来，于是在刺啦一声袖子被扯断的声音中，那个未及站稳的人影在屋檐处摇摇晃晃，最终从空中坠落，像是一堵倒塌下来的墙。

　　陈集安呛啷一声将刀子拔出，第一时间切断那人蒙在脸上的方巾。与此同时，王芙蓉和马前草的刀子也赶了过来。王芙蓉嗓音威武。王芙蓉说看你还跑不跑，快给我起来！

然而陈集安也就是在这时候看见，一直待在远处的丹东很不情愿地走了过来，走到蒙面人身边。丹东现在很沉默，喉咙里没有了任何声音。它先是看了一眼陈集安，然后就把头低下，埋头凑到蒙面人的耳根前。

陈集安一辈子也不会忘记，这天当揭开方巾的蒙面人扶着后腰从地上站起时，刘县令两片细小的嘴皮撑开，好像他突然变得牙齿很痛。

刘县令盯着那人百思不得其解，最终惊叹了一声：

范石器！你居然当了逃兵？！

7

林依兰在赶往云城的路上，这天傍晚她是从九连城出发，赶去云城替父亲林白山送一封信。林白山是定辽右卫守备，之前在云城驻扎了两年，去年才换防到九连城。

从九连城出发时，林依兰认为这天晚上应该不会下雪。

出发之前，林依兰去了一趟九连城的丹顶鹤粮行。在粮行门口，她很意外地看见西边的云城方向，空中出现一片难得一见的火烧云。林依兰对着那片云蒸霞蔚发呆，并没有意识到粮行掌柜郑烟直已经站在她眼前。

郑烟直是林白山好友，两个人经常在一起下棋，下的是围棋。他看见林依兰的蒙古战马目光炯炯有神，显然是一匹脚力很好的马。郑烟直说依兰姑娘这是要去哪里？林依兰没有回答，只是说，我想跟你买一袋米。

郑烟直说何必要说买？直接拿走就行。林依兰放下一枚银子，笑了笑说：这事情不能告诉我爹。

就在一个时辰前，当林宅的家丁们登上梯子高挂起上元节的灯笼时，林白山迎来了从朝鲜前线赶来的一名信使。信使跟随他走去书房，差不多在一刻钟后离开。然而信使的马蹄声还未走远，林依兰就听见父亲喊人鞴马，说要亲自过去一趟云城，有紧急事务需要交代刘四宝县令。蒙古战马牵到门前，林白山踩上马镫就要上马时，突然腰闪了一下，疼痛让他扶住马背忍不住把眼睛给闭上。家丁将林守备扶回书房，林依兰给父亲泡了一杯刺五加茶。她看见父亲一直按着后腰，脸色近乎发白，于是想了想说，去云城有什么事情？请父亲写下一封信，我替你给刘县令送去。

林白山不得已提笔。林白山说信里写的事情你不用知道。快去快回，下不为例！

从九连城前往云城的官道一路向西，其中很大一部分路程，就是要穿越白雪覆盖的红松冈。路上两名家丁不敢让胯下的马跑得很快，就怕林依兰会有什么闪失。林依兰却想起，就是眼前的这条官道，在父亲换防到九连城之前，她曾经跟陈集安无数次在这里滑雪。时间也就是在去年冬天，那时候林依兰跟陈集安踩在范石器为他们做的雪橇板上，风驰电掣地从山顶上滑下。陈集安高声叫喊着从林依兰身边冲过，然后那条名叫丹东的狗也唰的一声在低空中掠过，像是射出去的箭一样。

夕阳让林依兰百感交集，她看见跑累的丹东站在陈集安身边。丹东吐着舌头，面对奔跑过去的松鼠陷入巨大的新奇。

林依兰是在下山途中，远远地见到了暗夜中的云城。云城躺在白茫茫的雪地中，四周一片晦暗，城里的灯火屈指可数。她想，这不是她熟悉的云城，她记忆中的云城不是这个样子。这时候她听见头顶的红松簌簌有声，紧接着就有许多雪团落下，于是她想，可能有什么事情就要发生。

此时家丁十分警觉，当即在第一时间拔刀，又将手中的灯笼高高举起。果然是一群打劫的山匪，他们从树顶上跳下，总共五六个人手。为首的山匪一步步靠近，林依兰将带来的一包干粮扔了过去，说不要拿自己的性命冒险，你们就是再增加一倍的人手，也不可能是我这两个兄弟的对手。对方愣了一下，见到散落在地上的四五个馒头，犹豫了一阵说把你的马留下。

很快，山匪的刀子跟家丁的刀子碰在了一起，林依兰也听见头顶茂密的松枝里惊飞起一群夜宿的鸟。她看见很快就有一名山匪倒下，躺在地上不停抽搐，于是提醒家丁，不用下手太重。然而也就是在这时，那名为首的山匪却瞅准空隙朝林依兰扑了过来。家丁眼看着来不及救场，此时林依兰却不慌不忙抽出躺在马鞍下的刀，毫不犹豫地向身前送了过去。

刀子扎中匪首，让他站在那里慢吞吞矮了下去，最后是两个膝盖落地，跪在了林依兰的蒙古马跟前。刀子笔直扎进喉管，扎得很深，此时林依兰望向其余的山匪，说，还不快走？

马继续前行，走在下山的路上。林依兰正在渐渐淡忘刚才的厮杀时，听见风中传来一阵遥远的狗叫，狗叫声起初零零星星，像是从深夜的水面中升起。此时她让胯下的马停下，开始侧耳聆听。细碎的狗叫声明显是来自云城，她感觉声音听起来越来越狂乱，不仅令人心惊，似乎还有点耳熟。

出乎意料的雪花就是在这时候降临，马背上的林依兰忧心忡忡，茫然望向远处的云城时，突然觉得脑子里有点乱。林依兰挥动马鞭，抬头对两名家丁说，速度快一点！

8

陈集安感觉踩在脚下的不是雪，而是洪水泛滥的河。有那么一刻，他想把自己的手给剁了，因为那只手刚才扯断范石器的衣袖，让他整个人从高空坠落。现在陈集安像一截木头，他听不见四周的喧哗与嘈杂，只是看见许多灯笼摇曳的火光，以及火光下忙碌的人群，这一切都类似摇摆的皮影，在他眼里异常纷乱地飘来飘去。

此刻一条鞭非常兴奋，他的眼睛眨都不眨，始终盯着满脸颓丧的范石器。一条鞭甩了一下头，让跟随他的那帮手下散开，将范石器团团围在了中间。他的手下有叫阿香的，也有叫芒果的。他甩出一把冰冷的鼻涕，跟刘四宝说自己这辈子最恨的就是可耻的逃兵，逃兵就是死鱼烂虾，就是一团鼻涕，也是一泡刚刚拉出来的屎，一堆恶心的垃圾。他说自己就是来自朝鲜前线，要是所有的人都如此不要脸当了逃兵，那这仗还打个屁！他转头望向刘四宝，说难道还让万历皇帝自己骑马去朝鲜，提了一把刀独自对阵丰臣秀吉？这岂不是天大的笑话？！

刘四宝一个劲点头。刘四宝说，这也是我们云城的耻辱，我当初怎么会选中范石器去入伍参战，我他妈的真是瞎了狗眼。

接着一条鞭不慌不忙，提着他的刀子沿着阿香和芒果他们的脚跟，开始在雪地上画出一个巨大的圈。地上的雪十分听话，遇到他的刀尖都第一时间散开。一条鞭很快就画好了那个圈。他扭了扭脖子，说范什么来着？是饭桶还是犯贱？刘四宝说他叫范石器，以前是我们云城架阁库的守卫。一条鞭说知道了，刘县令你不用再往下说，然后他转头，望向范石器因为受冷而一直哆嗦的腿。他说姓范的你倒是跑啊，有种你再跑一次看看，你要是再敢跑出这个圈，老子即刻就把你的两条腿给砍断。

此刻丹东在这场变故中胆战心惊，它呜咽了两声，抬起前腿慢慢搭上范石器的胳膊，像是要钻进主人的怀里。它开始小心翼翼舔范石器的脸，舔去他脸上的尘土，以及流淌出来的新鲜的血。

陈集安的视线从丹东和范石器身上移开。他望向云城的夜空。许多雪落进眼里，他也是到了现在才想明白，丹东此前所有的兴奋与焦躁，都是因为闻到了范石器的气息。陈集安想，愚蠢，自己真是还不如一条狗。

一条鞭终于等不及。他问刘四宝：难道我们都要站在雪花底下一直看戏？刘四宝说那怎么可以，逃兵是死罪，即刻送去狮子口监狱。一条鞭就望向陈集安，说你是聋子啊？你是巡检，刘县令的话到底有没有听见？

陈集安站在原地看见雪花更加密集，他听见一条鞭又喊了一声带走，于是丹东的吠叫声就毫不犹豫地响起。丹东的四条腿牢牢撑住雪地，眼里泛着绿光，面对包围过来的阿香和芒果，它凶猛的吼叫异常狂乱，一浪盖过一浪，让止步不前的阿香和芒果如临大敌。

一条鞭抓起手下递来的一根棍棒，朝丹东的身后挥舞了过去。棍棒落在丹东的背上，也落在它头上。

陈集安说鞭把总，打狗也要看主人，差不多可以了。

此时夜风翻卷，将丹东的吼叫声裹挟，继而又在夜色中抛出去很远，以至于可能远在云城之外，也能十分清晰地听见。

9

针对范石器的审讯很快在狮子口监狱里展开。由于一条鞭对朝鲜前线的熟悉，刘四宝县令决定由他来主持。

捆绑范石器的绳索现在换成束手束脚的铁链，审讯室墙体开裂，风从窗口和墙洞处涌进，又在冰冷的铁链上迅速经过。陈集安站在一旁，看见范石器身上残留的雪已然凝结成冰。

一条鞭说范石器，这种事情我觉得根本不用审，反正你就是一个逃兵，只要在罪状上按个手印就行。

范石器始终盯着脚上的铁链，看见它弯曲缠绕，很多地方已经生锈。

范石器被冻得连连发抖，拴住手脚的铁链也瑟瑟有声。这时候陈集安从外头抱进一个火炉，又蹲下去将炉火拨旺。火炉摆在范石器和一条鞭中间，一条鞭问他什么意思？陈集安说我怕你跟刘县令冷，你要是嫌炉火太旺，那我让它离你远一点。说完，陈集安将火炉推去范石器身边。

范石器开口。他是在元月二日那天，跟随游击将军史儒率领的一千名铁骑，冒雨杀向了平壤城。平壤城城防险固，易守难攻，所以那一仗明军打得极其艰苦。官兵抵达城下，在湿滑的城墙上仓促搭梯，此时守城的倭寇箭雨及坠石齐落，城下血肉成泥。此战明军在激战中逐渐衰竭，最后丢盔弃甲全军溃败，狼奔豕突仓惶退逃出几十里地。

范石器在惨烈的回忆中喘息。他所在的攻城第四梯队由千总官马世龙率领，整支队伍在逃亡路上还剩下最后十七人，结果队伍稀稀拉拉逃至一片不知名的山谷时，又遭遇追击倭军的前后堵截，于是厮杀声再次连成一片，血光四溅哀鸿遍野。

范石器在激战过后从死人堆里醒来，背着满身血污的马世龙摇摇晃晃一连走了两天。最后马世龙奄奄一息，马世龙的手搭上他肩膀，说不用管我，你回去，回去老家云城，省得饿死在朝鲜……

一条鞭点头，他说原来是顶头上司马世龙让你回来的，范石器你有本事继续编，我只问你一句，你到底有没有去过平壤？范石器愣住，一条鞭又说老子是在元月四日离开的平壤，那时候平壤城下风平浪静，所以你说的元月二日跟随史儒将军冒雨进攻平壤，他娘的全都是胡扯！你说给鬼听！

范石器顿时无语，目光开始游移。他试着望向一条鞭说，难道我记错了？你怎么那么清楚，难道你也是来自辽东铁骑军？

一条鞭的马鞭抽了过去，什么时候轮到你来问我？老子的部队来自福建，我从几千里外的漳州赶去朝鲜。

范石器的目光散开，望向陈集安的时候说，能不能给我一口水喝？

10

丹东被牵进审讯室的时候，范石器已经被扒光衣裳，捆绑在刑架上拷打。审讯室里弥漫着浓烈的血腥味，丹东看见范石器伤痕累累，于是细细地呜咽了几声。

鞭子一次次落下，范石器说我没有撒谎，可能我们攻城跟福建军攻城不是同一天。这时候一条鞭从门外进来，手里拿着一把弓。一条鞭说我没有那么多时间，范石器既然你还这么嘴硬，那我就先把这条狗给射穿。

一条鞭搭箭上弓，箭头指向躺在地上的丹东。

陈集安上前说，不要逼人太甚，借你一个胆也不敢。然而此时一条鞭的弓已经慢慢拉满，一条鞭说，让开。陈集安并没有让开，而是将斩马刀从刀鞘里拉出一半。刀光闪烁，陈集安说，鞭把总，我不想见到血。这时候刘四宝慌了，刘四宝喊了一声，陈集安，你是不是想造反？

这时候丹东慢慢起身，看了一眼在场的所有人，然后它甩了甩脑袋，甩出一道口水，眼里出现一道绿色的光。丹东望向拉满弓箭的一条鞭，张嘴露出两排锋利的牙，它前脚移动了一下，顿时让一条鞭陷入慌张。此时一条鞭还没来得及把箭射出，就看见丹东已经无比凶猛地朝他扑来，在他眼里像是黑夜一般降临。

然而那天所有人都看见，一条鞭匆忙身子一闪，凌空跃起的丹东便撞向了审讯室那堵坚硬的泥墙。陈集安好像听见嘭的一声，然后就亲眼目睹了喷溅出来的脑浆。

墙上地上鲜血淋漓，丹东在坠落时发出一声含糊的呻吟，落地以后四肢又抽搐了一阵。最后丹东望向范石器，脑袋朝左边的位置倒下。

陈集安看见血。一片汪洋的血。触目惊心的血。

11

蒙古战马奔进位于云城县城东的通九门时，之前让林依兰担心的狗叫声已经消失。此时林依兰闻到一股久违的气息，属于记忆中的云城。可是跟自己一年前离开这里时相比，她感觉大雪纷飞的云城似乎变得陈旧，同时也令她感觉呼吸困难。

此刻陈集安坐在县府衙门，就坐在刘四宝对面。

陈集安说现在只有你能帮我。

帮你什么？刘四宝打了一个哈欠，此时他在想念一铺床。

帮我救下范石器。他是我大哥。

刘四宝扑哧一声笑了。刘四宝说亏你还是个巡检，按照大明王朝的律法，临阵脱逃的逃兵，除了死罪，你告诉我还有什么？

县令可以把他监禁，五年或者十年都行。

荒唐！刘四宝的声音跟随哈欠一起送出。他说我要是把范石器留在狮子口监狱，是不是还得每天供应他口粮？你知不知道就昨天一天，整个云城县就饿死了二十六人。

陈集安从怀里掏出一卷高丽茧纸，给刘四宝推了过去。刘四宝不明所以地展开，见到的是一张盖了官印的房契。刘四宝说你这是什么意思？陈集安说，送给你。

你说什么？

县令没有听错，我把这间屋子送给你。

刘四宝小心翼翼笑了一下，很快又提醒自己镇定。他对陈集安坐落在红松街的屋子十分熟悉，因为略懂风水，他曾经对那块宝地赞叹有加，也非常认可房子的结构。现在他说，陈集安你别开这样的玩笑，咱们是兄弟。

正因为是兄弟，我才敢向县令开口。

刘四宝起身，觉得火候差不多了。他说既然如此，那我就帮你一回。你看这样行不行，我让一条鞭将范石器送回朝鲜前线，看看前线将军如何处置。

送去前线还是砍头。

但他起码能多活十来天。如果留在云城，明天就是范石器的忌日。

陈集安说我要的不是十来天，我要的是能让他一直活下去。

刘四宝于是再次看了一眼房契，依依不舍推了回去。

刘四宝说对不起，那你这份心意，我刘某人要不起。

就在这时，门开了，一条鞭带着一阵风赶到，他全身热气腾腾，像是刚从火锅里捞起。一条鞭看见刘四宝时远远地喊了一声刘县令，你猜我给你带来了什么？

刘四宝迅速让笑脸摊开，他说鞭把总怎么还没有躺下？一条鞭却转头，望向紧跟在身后的阿香和芒果，并且对他们挥了挥手。

一条鞭说刘县令这里有没有好酒？我刚才把丹东给炖熟了，炖了整整一锅，你过来闻闻看香不香？

一条鞭眉飞色舞，还说我明天就要离开云城，今夜我们一醉方休。

12

大雪纷飞，四名衙役将陈集安轻而易举地扔出县府衙门，像是扔出一具冻僵的尸体。陈集安躺在雪地上，很长时间才把眼睛睁开，他看见雪花飞舞得十分凶猛，也见到空中落下一把锋利的铡刀，咔嚓一声就让范石器人头落地。

就在一刻钟以前，阿香和芒果给刘县令端上一个热气腾腾的砂锅，一条鞭说我把丹东给炖熟了，陈集安于是脑袋里一阵轰鸣。他差点跌倒，好不容易让自己站直，站直以后甩了甩头，迷迷糊糊把手伸向腰间。腰间什么都没有，陈集安猛然记起，刚才回家取房契时，那把云南斩马刀被他遗忘在了家里。他望向刘四宝，说，刘县令能不能借我一把刀？

刘四宝说你又想胡闹什么？陈集安盯着一条鞭说，我想把这个杂碎给剁了。

锅盖揭开，里头冒出一股狗肉煮熟的气息。陈集安顿时两眼一黑，当场在县府衙门里吐了。他在肚子里翻江倒海，又迷迷糊糊朝一条鞭砸过去一个拳头，但是拳头软绵绵的，很轻易地被一条鞭给接住。

一条鞭抓住陈集安送过来的拳头，攥在手里说你是不是早就想弄死我？

陈集安点头，说，是的。

现在陈集安从衙门前的雪地上站起，遇见了林依兰的目光。

他说丹东没了，大哥要被砍头了。

林依兰下马，内心一片兵荒马乱。在此之前，她已经闻到刘县令院子里飘荡出狗肉炖熟的芳香。因为两名家丁就在身旁，所以她什么也没说，避开陈集安又在雪地上特意拐了一个弯。

雪在脚下咯吱作响，林依兰看见陈集安光着一只脚，她去年用上好牛皮为他缝制的靰鞡鞋，此刻有一只正躺在刘县令衙门口的屋檐下。

往事在雪地上升起，林依兰不会忘记，那只靰鞡鞋的鞋帮上，还有她穿针引线特意缝上的三个字：火烧云。

13

陈集安走在回去红松街的路上。

他搬出家里所有的酒，一口一口倒进了嘴里。酒在嘴里味道很苦，陈集安想，这的确是一个很苦的夜晚，简直可以令人大哭一场。

但是陈集安没能把自己灌醉。他坐在地上背靠一堵墙，闭上眼睛先是想起了林依兰，接着又想起一个名叫金人杰的男人。

去年春天金人杰来到云城，骑了一匹全身雪白的马。金人杰来自九连城，到了云城后向人打听，定辽右卫守备林白山的住所该往哪里走。那天站在金人杰面前的是云城四兄弟的赵小花，赵小花说你是谁，你找林守备什么事？金人杰就口若悬河，说自己是负责守卫九连城的总旗官，林守备是他父亲曾经的战友，两人一起在长城脚下抗击过建州女真族。赵小花说你能不能说重点？金人杰就从马背上跳下，说，重点是我是林守备未来的女婿，我现在过来向他老人家提亲。

那天林白山和金人杰到处寻找林依兰，结果是在陈集安的家中，林白山见到了自己的女儿。林依兰在灶房里切菜，正要准备给陈集安兄弟生火烧饭。林白山铁青着一张脸，说跟我回去。林依兰说，爹，等我烧好这顿饭。

金人杰在屋子里转悠，见到了笑眯眯的赵小花。他说这位兄弟我认识你，我们刚刚见过面。金人杰不会忘记，刚才赵小花指引他前往林守备家的路，最后通往的却是云城土地庙。

那天林白山气得七窍生烟，金人杰就站到陈集安面前说，林依兰必须马上离开这里。陈集安笑了。陈集安说，腿长在她自己身上。金人杰没想到这人如此张狂，于是就呛啷一声拔刀，伸出手指指着陈集安道，信不信我现在就送你去坐牢？然而金人杰没有想到，他伸出去的手指还没来得及收回，一直蹲在地上的丹东就毫无征兆地凌空跃起。丹东张开嘴巴露出门牙，只是咔嚓一声，当场就咬断了他右手的食指。

丹东将叼在嘴里的手指留在金人杰身边，然后慢吞吞地离去。

陈集安想到这里，听见门外响起一阵马蹄声，走过来的马总共有三匹。于是他闻到了属于林依兰的气息。

林依兰下马以后站在红松街的门外，很长时间没有敲门。她知道陈集安就在屋里，她要等陈集安为她开门。去年春天就是在这间屋子，丹东咬断了金人杰右手的食指，那时候林白山即刻下令要将陈集安捆绑，捆绑以后送去牢房。林依兰眼见着父亲如此暴躁，就从灶房里提出刚才切菜的菜刀，她看了一眼蹲在地上嗷嗷叫唤的金人杰，然后跟她父亲说，不就是一根手指吗？我现在就可以切下来还给他。

林依兰伸出食指摆上桌面，林白山眼冒金星差点吐出一口血。菜刀就要切下，陈集安冲了上来。陈集安夺过刀子，跟林依兰说你走，走得越远越好。林依兰顿时愣了一下，陈集安你说什么？有种你再说一遍。这时候陈集安走去门口，将菜刀唰的一声扔出，刀子在空中转了几圈，最后稳稳地扎进了院子里的那棵红松，刀柄横在空中纹丝不动。

陈集安吼了一句：林依兰你是个聋子吗？我叫你走，我以后不想再见到你，你到底有没有听见？

半个月后，林白山提出要换防去九连城。于是一连三天，林依兰都过去红松街敲门。林依兰差不多把门板给敲碎，但是院子里的陈集安充耳不闻。最后一天下了一场雨，林依兰站在雨中盯着紧闭的门板，好像看见挡在眼前的一堵悬崖。她最后在临走之前扔下一句话：陈集安，你会后悔的。

现在陈集安听见马蹄离去的声音，他将院门打开，再也见不到林依兰的身影。门前的雪地上躺着一只粮袋，他看见印在粮袋上的两行字，分别是九连城以及丹顶鹤粮行。

粮袋拆开，里头露出白花花的大米。那一刻陈集安后悔，就像他后悔刚才在县府衙门，自己应该同意刘四宝的提议，送范石器去朝鲜前线。因为最起码送去前线，范石器还有一线生机，不至于在几个时辰后就要被砍头。

14

万历二十一年元月十六，大雪过后的云城。天刚蒙蒙亮，狮子口监狱的狱管就收到了刘四宝县令让人送来的手谕，要将昨晚扣押在这里的范石器给提走。狱管没想到砍头处决会来得这么早，却听见送来手谕的人说，给他烫上一个烙印，留下一个逃兵的印记。

狱管问，不砍头了？那是要送去哪里？

对方说，当然是朝鲜，抗倭的前线，那里有数不清的日本人。

豆腐渣胡同的刘破问，此时也被推出牢房。昨晚的那袋苞米的确是他偷的，刘县令有令，送他去前线充军。刘破问戴上枷锁垂头丧气，晨光开始显现，他在心底里咒骂陈集安，诅咒他不得好死。此时他听见范石器因为接受烙刑发出痛苦的嘶吼，于是眯起眼睛吐出一口浓痰，很爽快地骂了一声：活该。

一条鞭漫长的粮草队伍列队在监狱门口，云城被征运的粮草总共二百石，装满了二十辆马车。范石器被推出，此时一阵风从脸上经过，吹拂他皮肉烫熟的额头，让他觉得钻心地疼痛。血在眼角流淌，范石器看见一条鞭狠狠地甩了一下马鞭，然后就样子威武地喊了一声：出发！

马车在雪地上碾过，留下许多深刻的车痕。范石器行走在队伍中，没过多久就见到了陈集安。他看见陈集安蹲坐在通九门的门洞里，正在聚精会神地磨刀。磨刀的时候，陈集安身边站了一匹枣红色的马，马盯着地上的磨刀石，像是盯着一个秘密。这时候一条鞭策马冲上，他在马背上喊了一声让开。陈集安却仿佛什么也没听见，只是抬起磨亮的刀子仔细审看，又在刀刃上从头到尾哈出一股绵延的热气。

一条鞭说，好狗不挡道，陈赶集看你这副样子，难道还想把范石器给劫走？

陈集安摇头，说鞭把总，刘县令让我跟你一起去朝鲜。

一条鞭说胡扯。陈集安说没有胡扯。刘县令让我跟你押送粮草一同去朝鲜，你是前线粮草官，我是云城粮草官，我们都是粮草官。

刘四宝就是在这时候赶到，身后跟着巡检司的弓兵马前草以及王芙蓉。刘四宝昨天半夜又见到了陈集安，陈集安走去他床头，又把房契递给了他。刘四宝睡眼蒙眬，说，想通了？陈集安说，想通了。现在刘四宝对一条鞭笑了笑，说鞭把总，粮草那么贵重，押运粮草的事情，我们云城人也应该出把力。

接着刘四宝将陈集安扯到一旁，要让他在房契上签字画押。

陈集安愣了一下，说有这个必要吗？刘四宝就显得焦急，压低声音道，当然有必要啊，你以后要是后悔了怎么办？

陈集安笑了。陈集安说，刘县令想多了，我既然去了朝鲜，就没有准备回来云城，所以屋子永远是你的。

为什么？

因为我想战死在朝鲜，跟范石器埋在一起。

此时风从通九门里穿过，扬起一堆雪。陈集安跨上枣红马，看了远处的马前草和王芙蓉一眼，却听见马前草喊出一声：安巡检，我也想跟你去朝鲜。陈集安说别闹，王芙蓉一听就很不开心。王芙蓉说，安巡检你真是开玩笑，不打招呼说走就走，留下我们怎么办？说完王芙蓉又望向刘四宝，他说刘县令你向来那么小气，我们要是一起去了朝鲜，就给你省下许多俸粮，难道你不觉得很划算？

刘四宝正在心里犹豫，王芙蓉已经急不可待上马。王芙蓉双腿夹紧马肚，对马前草喊了一声：刘县令已经答应，你还不赶紧给我跟上？

贰　红松冈

1

　　展开辽东都指挥使司的舆图,映入眼帘的首先是蜿蜒的明长城,城墙穿过广阔的山野与丛林,一直延伸到鸭绿江西岸。辽东都指挥使司隶属于山东承宣布政使司,人口总计三百万,下辖二十五个卫及两个州,即定辽左、中、右、前、后卫,及海州卫、沈阳卫、铁岭卫等。

　　定辽右卫最为靠近朝鲜,境内除与朝鲜只有一江之隔的九连城,还有西边的辽阳、云城及凤凰城等。作为明朝的藩属国,朝鲜每年都要派出使臣向遥远的京城进贡。除了海路,使臣走的路线就是从其边境处的义州越过鸭绿江,进入明朝必经之地九连城,接着又穿过云城或者凤凰城,然后等待他的,便是大明王朝无边无际的更为开阔的疆土。

　　万历二十一年元月,陈集安加入的明朝粮草队伍,走的正是与进贡的朝鲜使臣完全相反的路线。他们首先必须通过九连城,继而跨江进入义州，接着就在朝鲜八道中的平安道境内一直往东南方向行进，先后越过定州与安州，最后到达位于平壤一带的中日交战前线。出发之前陈集安大致估算过，粮草队这一路上的行程，如果追加上一些不利因素，可能需要十五天。

陈集安心里很清楚，他跟大哥范石器待在一起的时间，还剩下最后的十五天。

那天陈集安没有想到的是，粮草队伍离开云城后走出好几里地，路边一直有观望的百姓。破衣烂衫的百姓手里托着一只碗，希望粮草队在颠簸的雪地经过时，能偶尔掉落几粒米。陈集安望向忍饥受饿的百姓，一路上无语。此时刘破问朝他吐了一口痰，刘破问还骂了一句：这是什么样的朝代，真是他娘的操蛋！

后来陈集安的马跟随在刘破问身后，这让刘破问的脑袋从枷锁板上很不耐烦地转了过来。刘破问说触霉鬼，拜托你离我远点。陈集安心想自己怎么就成了触霉鬼？这时候刘破问又说你小子到了哪里哪里就会倒霉。先是丹东，再是范石器，他娘的现在又轮到了我，我干你姥姥。

2

　　拥有二十辆马车的粮草队伍由一条鞭率领的三十多名兵勇押送，兵勇铠甲裹身，在既是官道又是贡道的雪地上碾行了一个多时辰后，见到的便是挡在眼前的白茫茫一片的红松冈。红松冈高高隆起，犹如趴在地上一头沉默的巨兽。巨兽周身插满白色的旗杆，那是大雪覆盖的红松，偶尔露出灰褐色的树干。

　　在红松冈山脚，当沉重的粮车开始上坡，陈集安从马背上跳下。一条鞭以为陈集安是要帮着推行粮车，却见他牵着枣红马走去范石器身边，继而将套上枷锁的范石器推上了马背。这样的一幕超出一条鞭的想象，他甩动马鞭冲奔过去，抽出柳叶刀指向范石器。一条鞭说：下来！

　　范石器在马背上犹疑，看见锋利的刀尖泛着寒光，一寸一寸向他的脖子靠近。

　　范石器慌慌张张从马背上滚了下来，滚到地上的时候他跟陈集安说何必要惹鞭把总生气？

　　这天接下去的时间，范石器阴沉着脸始终沉默。陈集安走在他身边，说，我没有把丹东牵牢，事情都是毁在我的手上。范石器懒得看他一眼。范石器说，陈巡检威武，陈巡检一心想立功，你现在跟我说这些，有个屁用。陈集安望向蜿蜒的山路，一下子感觉上山的路途变得十分遥远。后来他又试着开口，他跟范石器解释，回去前线是他能够争取到的最好的结果。但是范石器狠狠地在雪地上踩过，范石器说，谢谢陈巡检，谢谢你没让我杀头。

陈集安茫然站立在雪地中央。他想不明白，为何眼前的范石器突然变得如此陌生，简直成了另外一个人。这时候落在队伍后面的刘破问跟上。刘破问盯着站在道路中央的陈集安喊了一声：触霉鬼，麻烦你让一让。

陈集安给刘破问让出一条道。他望向范石器，心里很想问他一句：既然如此，当初为何要当逃兵？但陈集安却跟范石器说，三弟丁生金和四弟赵小花呢，他们现在还好吗？

范石器吼了一句：我什么都不知道，你就当我们全都死了！

陈集安听到这里抬头看天，望向头顶树冠上一根一根的松针。松针长得那么尖，陈集安想，要是扎到眼里肯定很痛。

3

红松冈漫山遍野的红松，树龄都在百年以上，树身有十来丈那么高，树冠又蓬勃撑开，有着遮天蔽日的效果。每年到了秋天，树上的松塔一颗一颗掉落，很多都有拳头那么大。松塔掰开，里头露出成群结队的松子，松子炒熟以后去壳，里头是酥脆又芳香的松仁。

这天中午时分，一条鞭正在有条不紊地啃肉。一条鞭很喜欢吃肉，他带来的烤肉保存在一只干粮袋里，由随行的马夫亲自替他保管。一条鞭啃完了手中的烤肉，却在冷不丁回头时发现，浩大粮草队伍的尾巴上，竟然冒出一股烟，此时他将剩在手里的骨头抛弃，跨上马背后因为嘴里塞满了肉，所以对马夫嘟哝出来的声音就显得有点含糊。马夫穿了一件宽大的棉袄，看上去像披了一床被子，他好像听见一条鞭说，又有什么幺蛾子？

升腾起来的浓烟，又是因为陈集安。一条鞭哪怕有再好的想象力也无法想到，此时的陈集安正架起一口铁锅，锅底下一团燃烧很旺的火，而且锅里冒出的，似乎是土豆煮米饭的芳香。

芳香四溢，陈集安揭开锅盖，里头露出业已煮熟的颗粒饱满的米饭，米饭里藏了许多切得很薄的土豆片，土豆片粉嫩柔软，让人看着眼馋。

一条鞭说怎么没有放点牛肉？

陈集安说吃不起。

一条鞭说陈集安你吃了豹子胆，竟敢偷吃粮草队的米。

陈集安却抓起一把雪覆盖在锅柄上，然后他端起烫手的铁锅，端到了范石器的身旁。他说可能有点淡，带来的盐不多。说完陈集安走去枣红马身边，从马背上解下一只粮袋，粮袋提到一条鞭脚下，陈集安指着印在上面的印章说，鞭把总，这袋大米来自九连城，九连城的丹顶鹤粮行。

一条鞭忍不住了，他提着马鞭踩着雪，踩了几步就踩到了范石器的跟前。他不费吹灰之力抬腿一踢，铁锅就哐当一声掉落在地上。热腾腾的土豆米饭撒了一地，一条鞭跟上去踩了一脚，靴子又狠狠地碾了一下。他说，一个死囚犯，当着我的面吃土豆饭，我还真是看不习惯。

那天范石器趴在地上。范石器顶着枷锁，好不容易够到了撒在地上的一些米饭，他把碾碎的米饭捧起，捧起以后给一条鞭的马送了过去。马喷了一下鼻子，闻了闻余温尚存的土豆饭，然后把张开的嘴伸进了范石器的手里。

范石器转头跟一条鞭说，鞭把总，不用为这样的事情生气。

一条鞭也喷了喷鼻子。一条鞭说，范石器，你可以改个名字，你应该叫犯贱。

陈集安听见马在吃饭，发出啪哒啪哒的声响。陈集安想，范石器到底是为了什么？这时候他望向静默的红松，白雪皑皑的山顶，他仿佛见到两片雪橇板从某个拐弯处嘛的一声冲了下来，随后是一阵欢快的笑声。陈集安知道，踩在雪橇上的是林依兰，因为此刻他想起了林依兰。

4

刘破问捡到被一条鞭抛弃的肉骨头时如获至宝。他已经很久没有吃过肉，所以他捧着那截骨头来回舔了许多次。手捧骨头的时候刘破问在想，难道自己真的要这么一路走下去，就凭着两条腿，一直走到朝鲜，最后又被倭寇的长刀给砍死？

刘破问这么想问题的时候，范石器已经走去了一条鞭的身边。此时眼前的山路即将登顶，右手边也出现几丈高的悬崖。范石器抓住机会跟一条鞭解释，告诉他在这样的雪地上，粮车队伍上山容易下山难，一旦有其中一辆粮车在下山时打滑，这一路翻滚下去，人马和粮草，损失不可想象。

一条鞭觉得范石器说得挺有道理。一条鞭说，那要怎么办？

下山时不能走官道，应该钻进左手边的红松林，寻找树与树之间七拐八弯的夹道。范石器接着说，虽然这样的路程变得漫长，但是有了树干的阻拦，所有的粮草车肯定能安全下山。

一条鞭露出笑容，但他说范石器你在想什么？你是不是有什么事情想求我？

范石器于是开口，鞭把总能不能不要把我送回辽东铁骑军，而是送去你们的福建军步兵营？

一条鞭抹了抹眼睛，心想这小子又想出了什么花头？这时候范石器就如实相告，原来他跟福建军步兵营的李不为将军有不错的交情，之前在平壤城下，他曾经用朝鲜的草药治好了李将军的痢疾。范石器还说，鞭把总肯定认得李不为将军，你只要把我交给他，接下去是死是活，我也就听天由命。

一条鞭沉吟不语，他还没来得及开口，就见到阿香和芒果两个人气喘吁吁跑了过来。一条鞭说怎么了？

阿香急忙说，刘破问跑了。

5

刘破问借口要拉肚子，乞求阿香替他打开枷锁。他走出一段路蹲下，蹲下以后瞅准一个时机，迅速奔跑得不见了踪影。但是刘破问的运气不够好，他跑走以后没多久，就迎面撞上了一只老虎。老虎上下左右审视他，悄无声息迈出一条毛茸茸的腿，目光胸有成竹。

刘破问哇的一声就哭了，等他呼天抢地重新冲进粮草队伍时，老虎已经将他逼到了一个死角。老虎龇牙咧嘴，刘破问觉得自己的死期就要到了。他把眼睛闭上，整个人瑟瑟发抖。但他没想到偌大一支粮草队伍，最后冲上来救他的，竟然是陈集安。

陈集安挡在刘破问跟前，云南斩马刀提在手里。老虎对他咆哮一声，他还没来得及举刀，就看见硕大的老虎已经猛地向他扑了过来。

那天所有的人都战战兢兢躲在暗处，眼见着陈集安跟老虎之间展开的决斗，直到后来老虎落荒而逃，人群中突然响起一个声音：范石器跑了！

没有人注意到，范石器到底是如何解开了身上的枷锁，他们只是看见，挣脱枷锁的范石器正在一路狂奔，奔向那片高耸的悬崖。一条鞭心想范石器你又能跑去哪里，但他没有想到，靠近悬崖的范石器竟然整个身子跃起，身影瞬间在悬崖顶上消失。

那天一条鞭站在悬崖顶上喊了一声放箭，但是就在手下开始搭箭上弓时，赶到的陈集安飞起身子踩上他们的头顶，接着刀背横扫过去，很快就将一排弓箭手扫落在地。

陈集安落地，落地以后望了一眼悬崖底，随即他就身子飘起，也毫不犹豫地跳了下去。

6

范石器纵身跃入悬崖，坠落时被崖壁上一棵红皮云杉给挡住，他还未攀缘至崖底，就看见陈集安如同一只俯冲的鹰，像是横空出世一般，竟然比他提前到达了崖底下那片广阔的雪地。厚厚的积雪轰的一声炸开，几乎将落地的陈集安掩埋，然而雪雾尚未消散，头顶就射落过来雨点一样的箭。

范石器看见一根根铁箭奔向雪地，噗的一声扎了进去，顷刻间连头带尾不见了踪影，只剩一个陷落下去的洞眼。然后陈集安从雪地上钻出，他问范石器，你想好了吗？这次还是要逃？范石器却说，你果然下来了，我等的就是这一刻。

范石器迈开大步笔直往前，积雪淹没了膝盖，他像是蹚过一条湍急的河流。后来他来到一个隆起的雪坡前，在齐腰深的雪地上跪下，跪下以后一双手开始拼命刨雪。陈集安不知道范石器是要寻找什么，他跟着刨开一堆一堆的雪，直到最后大汗淋漓时，见到被自己刨出来的，竟然是一丛杂乱的头发。

陈集安愣住了，此时范石器急忙赶了过来。范石器将剩下的雪一点一点刨出，于是在陈集安眼里渐渐出现的，是一颗被冰雪包裹的头颅。

风缓缓吹过，陈集安实在无法想象，后来当范石器将头颅上的积雪逐步清除干净，他最后见到的那张脸，竟然是自己的兄弟丁生金。

陈集安两眼一黑，感觉天旋地转，整个人跪在那里失去了知觉。他好像听见范石器说，你还真以为我是逃兵？我接下去说的每一句，你都要记在心里。

头顶有只老鹰在盘旋，陈集安的眼泪流了下来。他听见范石器说，一条鞭是倭寇，此刻我们头顶的红松冈上，一条鞭手下的整支粮草队伍，一个一个全都是倭寇。

7

范石器是在元月八号的凌晨时分离开了朝鲜平壤，那天集结列阵的明军正要对平壤城发动总攻，以求收复被倭军所占领的城池。平壤城易守难攻，东有大同、长庆二门，南有芦门、含毬二门，西有普通及七星二门，北有密台门。范石器所在的辽东铁骑由副总兵查大受率领，计划先行攻击城北密台门外地势高耸的牡丹峰要塞。那天范石器正在磨刀，看见查大受将军带了一个眉头紧锁的将领过来，他定睛一看，来者竟然是号令四万大军的明军总兵李如松。

范石器起身，慌乱的时候不知手脚该怎么摆放。他听见李将军说，胡子拉碴，换个地方说话。

接下去差不多是在一刻钟的时间里，李如松就将任务交代完毕。李如松说所有的一切都用脑子记，根据锦衣卫暗桩送来的情报，倭军总指挥官宇喜多秀家已经派出一支物见队忍者队伍前往明朝。物见队专门从事谍报工作，其成员打扮成朝鲜难民一路往北，身份信息及具体相貌不详，人员数量不详。

李如松盯着范石器道，你回国以后的任务，就是甄别出倭寇物见队忍者，阻止他们的阴谋实施。

范石器愣在那里，觉得一切听起来更像是一个神话，因为他甚至不知道倭寇物见队潜入明朝究竟为了什么。这时候李总兵再次开口，李总兵只说了简短的两个字：舆图。

根据李如松的判断，丰臣秀吉及宇喜多秀家对这场战争有着充分的自信，他们相信用不了多久，倭军就能长驱直入跨过鸭绿江，直至控制大明王朝的辽东全境。也正因为此，宇喜多秀家认为手里最为紧缺的，就是九连城、云城以及凤凰城等地的舆图。

只要到手了这些必经之处的舆图，辽东境内的山脉河流、城镇分布、城内军营及衙门的位置、城门方位、街道弄堂的走向……总之所有地形地貌全都了如指掌。

李如松最后又补充了一句：倭军认为只要有了舆图，他们的战队就能势如破竹。

范石器听到这里终于明白，李如松选择他的理由无非是两条：一是他来自辽东的云城，二是他曾经担任过云城架阁库的守卫。架阁库负责保管档案典籍，各个时期各片地域的舆图应有尽有。要说对舆图的了解和熟悉程度，整个辽东铁骑队伍，的确没人能比得过范石器。

陈集安在范石器的声音中渐渐缓过神来，此刻他眼里见到的是另外一个世界。那个世界叫战争。没有硝烟的战场。后来范石器脱下战靴，掀开里头用来保暖的一层一层的乌拉草，继而掏出一份折了好几折的宣纸，又在他眼前展开。是李如松总兵的亲笔手谕，明军东征军的印章赫然在目。手谕里李总兵明示：沿途各方官员见此谕令，须全力配合东征军密探，否则杀无赦。

陈集安瘫坐在雪地上，他相信一条鞭是倭寇，却想不通这么重要的事情，范石器为什么到了现在才说。

昨天在云城我只是怀疑，但到了现在，我已经能够确定！范石器说，明军前往朝鲜的参战队伍，根本就没有一条鞭所说的来自福建的部队。明军四万多精锐，分别是辽东铁骑军一万，宣府、大同精骑兵各八千，蓟镇、保定步兵营各五千，江浙步兵三千。除此之外，来自最南方的一支后援部队，是由四川副总兵刘铤率领的五千名川军。

范石器说完，忍不住抬头看天，他说哪怕这样的信息有误，明军当中的确有小股福建队伍，但我刚才跟一条鞭提起的李不为将军，这个名字完全是我临时瞎编的。

风吹起地面的雪，陈集安最后听见范石器说，世上根本没有李不为将军，一条鞭跟他的队伍，就是李总兵要找的倭寇物见队忍者。

8

那次跟随范石器一起回国的，还有丁生金及赵小花。三人回国以后在九连城探访无果，决定兵分两路，范石器暂时留在九连城继续甄别，丁生金及赵小花则先行赶赴家乡云城。然而范石器后来登上红松冈时，在悬崖边的红松林里见到一堆没有掩埋干净的血，以及一只砍断的脚掌，还有属于赵小花的一把弹弓。他顺着滴血的方向追赶，最终在悬崖底下见到了丁生金被砍下来的头颅。

丁生金和赵小花被人碎尸。

范石器万箭穿心泪如泉涌。他强忍巨大的悲恸，找了一处明显隆起的雪坡，将丁生金的头颅掩埋。后来他在上元节夜晚回到云城，回城后的第一件事，就是前往曾经就职的架阁库。架阁库门外，他正考虑着如何转移存放在里头的各时期舆图时，就见到院墙内跃出一个人影，人影身穿明军铠甲，瞬间在夜色中飘远。范石器一路追踪到食为天粮库附近，却听见丹东在屋顶的狂躁与抱怨。此时他决定先将自己隐藏，伺机再同陈集安见面。但他没有想到的是，丹东后来还是不顾一切朝他奔来，于是接下去的所有事情，就全都超出了范石器的预想。

范石器在雪坡前继续刨雪。最终他刨出一把形同峨眉刺的短剑，他告诉陈集安，这是物见队忍者的手里剑，忍者称之为苦无。范石器说，就是这把苦无，当初硬生生地扎了丁生金的后脑。

陈集安听见一阵虚空的回响，在他脑子里反复冲撞。他望向摆在身边的丁生金那张惨白的脸，恍恍惚惚间，感觉丁生金好像动了动嘴唇，然后就有一行凄清的泪水，从丁生金冰冻的眼角十分清晰地滑落。

此刻陈集安的整个身子在抖，他听见范石器说：

不要为难自己，想哭就哭出来吧。我当初也是大哭一场。

陈集安却抬头，抬头时把眼睛闭上，不让眼泪流出。陈集安说，大哥，接下去该怎么做？

9

那天一条鞭抬腿，狠狠地踢了一脚马前草。一条鞭说，你们的安巡检噗的一声飞走了，你跟王芙蓉这两个草包，你们还不快滚？

心底里一条鞭在想，这些云城人最好一个都不留，省得碍手碍脚。他这一路上从朝鲜赶来，如今不仅到手了舆图，还额外带回了满满的二十车粮草，可见大明王朝不仅愚蠢，还是十分慷慨的主。

马前草和王芙蓉正在犹豫，却猛然听见身后响起一个声音：谁也不许走。马前草回头，果然是陈集安。

那天一条鞭陷入前所未有的惊讶，他实在没有想到，眼前上山的坡道上，陈集安居然推着范石器回来了。他眼看着陈集安抓起之前被范石器解开的枷锁，又在范石器的脖子上重新套了回去。一条鞭看完这一幕想了很久，他说陈集安，我没有看懂。陈集安说，你不需要懂。但是一条鞭又说，我希望你能让我懂。

陈集安于是说送范石器去朝鲜，是我的职责。范石器可以战死在沙场，却不可以当逃兵。我这么一说，鞭把总当然就听懂了。

一条鞭眨了眨眼，好像看见天色亮了起来。他说，安巡检果然是个明白人。

万历二十一年正月十六的下午，大雪覆盖的红松冈开始出现稀薄的阳光。

那天由一条鞭率领的二十辆马车的粮草队伍继续开拔，行走在下山的路上。按照范石器之前给出的建议，队伍并没有走紧邻悬崖边的官道，而是钻进道路以北的红松林，寻找树与树之间可能会有的间隙。

松林里一丛丛灌木被踩倒，有时候正要挺直身子，又很快被跟上来的车轮碾压。阳光穿透丛林的缝隙，落在人和马的脸上，有那么一种暖洋洋的气息。

范石器走在队伍前头，故意把陈集安甩在了身后。此时刘破问追上他，跟他说人生最大的悲哀，就是像范石器这样，之前好不容易交了一个兄弟，那人却非要抓你过去砍头送命。

此时范石器的脑子其实很忙，他在想一条鞭肯定已经盗取了云城的舆图，那么此刻他会把舆图藏在哪里？但是范石器跟刘破问说要是没有陈集安，你小子早就成了埋在老虎肚里的一团苞米。

　　一条鞭落在队伍的最后，他让自己的马走得很慢。他反复回想着陈集安这一路上的举动，越想越觉得不对劲。这时候他望向悬崖，决定要下去走一趟，看看悬崖底下到底发生了什么。

　　一条鞭深一脚浅一脚，四处攀缘着树藤，好不容易到达了悬崖底。他见到了异常纷乱的脚印，于是就顺着那些脚印，靠近了那个凌乱的雪坡。他试着把刚刚盖上的雪刨开，结果露出来的那颗头颅，着实令他吓了一跳。一条鞭晃了晃脑袋，感觉稀薄的阳光初来乍到，反而有一种冷飕飕的味道。他当然认得这颗头颅，也记得当初将这颗头颅切下时，从主人脖子上喷出来的血，有着热烈的温度。

10

　　三天前，一条鞭带着二三十人的队伍经过红松冈，夜里在松林里歇息，身边燃起一把火。一条鞭借助火光，让阿香展开一页纸，记录下大致测量出的红松冈的面积和高度，以及上山官道的宽度，还有山脚和九连城之间的距离。阿香一点一点记录，却忽然听见，头顶的红松竟然有根枝条啪的一声折断，然后有很多雪纷纷掉落，掉进了他脖领里。一条鞭抬头，他觉得很奇怪，为何那么多的树枝都没有被雪压断，恰恰是头顶这根在没有任何征兆的情况下断裂。接着断裂的枝条又稀里哗啦坠落，一条鞭仔细望去，看见一同掉落在雪地上的，竟然还有一把不可思议的弹弓。

一条鞭嗖的一声将柳叶刀拔出，对着头顶的天空喊了一声：谁？声音在层层叠叠的树枝间穿透，一条鞭看见自己喷出的热气围绕着笔直的树干飘远，此时周遭不再有任何声音，除了阿香他们错乱又惊慌的呼吸。一条鞭勒令手下放箭，于是在阿香他们搭箭上弓时，树上终于跳出一个人影。人影仓促又迅猛，瞬间飞向了附近的另外一棵红松。

头顶的积雪再次落下，这次是纷纷扬扬的一大片，向着远处延伸。此时一条鞭狠狠地挥手，于是手下如同撒出去的鹰，当即乌泱泱一片，朝着落雪的方向围堵了过去。

一条鞭来自日本国的伊贺，那里是日本忍术的发源地之一。作为物见队忍者，他绝对不能暴露身份，哪怕此时他披挂了明军的铠甲，俨然是明军的把总官。

亡命奔逃的男人被毫无悬念地抓获。无论一条鞭怎么用刑，那人就是一个字也不说。一条鞭非常恼火，不想继续浪费时间，于是就抽出柳叶刀将他一刀解决。后来他又切下那人的头颅，提着他油腻的头发十分厌恶地抛出，让阿香和芒果他们当球踢。浑圆的人头满脸是血，在地上滚来滚去。此时一条鞭正在火堆旁烧烤一盆牛肉，用来扎肉的是随身携带的苦无。火焰不停跳动，一条鞭看见那颗人头不管落向哪里，那双睁开的眼睛好像始终将他盯牢，所以他甩出手中的苦无，对准人头狠狠扔了过去。

苦无十分准确扎进人头的后脑，阿香笑呵呵着冲了过去，抬腿又是干脆利落的一脚。人头凌空飞起，笔直飞向黑咕隆咚的悬崖，阿香看见他的长发迎风飞舞，看起来甚至有点飘逸，但是阿香再也没有听见人头落地的声音。

现在一条鞭盯着这颗熟悉的人头，像是盯着一段刚刚被人掀开的秘密。后来一条鞭回到悬崖顶，他迅速追上陈集安，问他刚才在悬崖底见到了什么？陈集安说，我们见到了一颗人头。

见到人头为何不报？

陈集安掐断一根草咬进嘴里，感觉草的味道有点苦。陈集安说这年头死人我见得多了，从来没有想到过要上报。再说我去哪里上报？

一条鞭后来上马，有那么一段时间，他感觉自己就走在陈集安的视线里。一条鞭带上物见队成员前来明朝，是受了宇喜多秀家大将的派遣。宇喜多秀家被很多人称为"八郎"，他是丰臣秀吉的养子。入境之前，一条鞭在朝鲜的义州很意外地遇见了一支明军的队伍，他们正要去云城押运一批粮草。一条鞭听说云城以及粮草，心里就忍不住发痒，因为跟明军一样，远途跨国参战的日本国将士同样需要源源不断的粮草。所以一条鞭那天没能把持住手中的倭刀，他同手下一起，直接将那支毫无防备的运粮队砍翻，继而换上了他们的铠甲，又将明军的运粮手谕藏进了怀里。

现在一条鞭想，有陈集安和范石器在，他要想将二十辆马车的粮草越过朝鲜一带的明军防线，继而运送去对面的日军大本营，好像成了一件非常棘手的事情。他正想着该如何把这两个男人给除掉，却听见走在队伍前头的王芙蓉突然回头喊了一声：安巡检，下山的路走完了，前面就是九连城。

一条鞭蒙然抬头，这才发现时候已经进入黄昏，而不远处被黄昏所笼罩的九连城，此时已经亮起一排踊跃的灯火。

空中响起嘭的一声，随即就有一枚硕大的烟花炸开。一条鞭望向烟花，望向五光十色的夜景，顿时想起自己的家乡伊贺。

想到这里一条鞭隐隐地笑了。他认为今晚等待他的，可能会是一个流光溢彩的九连城。他喜欢这样的边境小城。可惜这地方却是属于明朝。

　　万历二十六年的九月十八，云城万籁俱寂。陈集安的故事已经讲了一个多时辰，月光照耀下的县府衙门显得越来越清凉。此时小九连意犹未尽，沉浸在故事中不愿离开。他望向母亲林依兰，又望向陈集安，他说安叔，一条鞭是不是就是断臂男人竹下乱袍？他后来被你砍断了手臂？

　　陈集安没有回答，他只是告诉小九连，很多年前，有个名叫张居正的首辅，在明朝推广一条鞭法改革。一条鞭法将各个州县的田赋和徭役合并成银两，统一向朝廷缴纳相应的税赋。

　　那这跟他一条鞭又有什么关系？他是日本人，他是倭寇。

　　跟他当然没有关系，但他给自己取名一条鞭，就没有人会怀疑他是倭寇。他狡猾。

　　小九连听完似懂非懂，夜在深入，他想接下去的故事肯定还有很长，恐怕是三天三夜也听不完。

叁　九连城

1

每一次节日来临，九连城的中朝交易互市总是热闹非凡，互市会跨越漫长的白昼，一直延续到灯火连绵的夜晚。万历二十一年元月，虽然一江之隔的朝鲜还在硝烟弥漫的战火中难以自拔，但是九连城却一如既往展示它的喧嚣与繁忙。

林依兰这天在人海中穿梭，眼前不够宽敞的街道，挤满了中朝两国的摊贩。灯笼一排一排点亮，头戴黑纱圆笠的朝鲜商人，纷纷拥挤在自己的牛车旁，叫喊着半生不熟的汉语，有的也带了随行的翻译。商人们推销的除了来自朝鲜的棉麻布匹、海参虾仁以及手臂那么粗的野山参，还有做工精良的马鞍、皮靴、菜刀和铁犁。

人群摩肩接踵，林依兰走走停停，想要寻找一款心仪的朝鲜饰品，然而她有一种奇特的感觉，似乎远处始终有一双异样的目光，偶尔穿透密集的人流，十分准确地向她凝望。林依兰不知道目光来自何方，她认为可能是一种幻觉，跟昨晚去云城的连夜奔波有关，此时她需要一场足够的睡眠。后来林依兰见到迎面走来的父亲林白山，父亲显得疲惫，陪伴他的是多年的棋友郑烟直。郑烟直正跟林白山讨论一局刚刚下完的棋，然而林白山意兴阑珊，一路上只是偶尔附和几句。

林依兰并不知道，昨天下午，父亲拆开前线信使送来的封了蜡印的加急羽书时，里头传递的消息很快让他后背发凉。作为定辽右卫守备，林白山当着信使的面将羽书给烧毁。页片被火焰所吞噬，他甚至没留意跨上飞骑的信使是在何时离开，却十分急切地想要过去一趟云城，将羽书中的信息第一时间告知云城县县令刘四宝。

后来因为林依兰的坚持，林白山重新起草了一份密件，交由女儿送去云城。密件里，林白山郑重提醒刘四宝：根据前线情报，倭敌已经派出物见队细作深入明朝，细作可能随时潜进九连城，甚至包括云城……

脚下的元宝街呈南北走向，一直通往正城门。现在林白山行走在人群中，感觉许多陌生的面孔都让他放心不下。他似乎觉得，倭寇的细作可能就在身边。郑烟直的声音再次响起，他认为刚才的那局棋，林白山第六十二手的做劫显得有点急躁。林白山勉为其难地笑了一笑，他想郑掌柜要是愿意出借《烂柯图》棋谱给他，或许自己以后的棋风会变得更加稳妥。

郑烟直来自朝鲜，老家在南部庆尚道的蔚山，开门就是一览无余的海水。几年前他带了一些银子来到九连城，先是试着开设粮行，接着又经营起一家温泉浴池。粮行和浴池的生意总是给他带来惊喜，所以他现在有十分充裕的时光，能够坐下来陪林白山林守备下棋。林白山说的《烂柯图》棋谱出自浙西衢州府，不知何故流落到了朝鲜。去年郑烟直回去蔚山，路经王京汉城时，有幸在一家古籍店里购得，此后他无数次跟林白山许诺，愿意将棋谱借他一阅。但是这样的许诺一直没有兑现，所以林白山曾经指责郑烟直吝啬。

交易互市熙熙攘攘，郑烟直见到林依兰时，他的朝鲜语很快派上了用场。林依兰看中的一款玉石花簪样子精美，郑烟直替她最终谈好的价格，让林白山也觉得出乎意料。后来林依兰戴上玉石花簪，郑烟直看了一眼她的手掌，跟她说你需要吃薏米红枣粥，补血。林依兰纳闷，听见郑烟直又说，我多少还是懂点医，你要是有了身孕，瞒不过我的眼睛。

2

林白山是在跟一个朝鲜商人打听赴战岭和白头山的野山参时，见到右边的兴隆胡同突然闯出一个心神不定的男人。那人神色慌张，原本想要低头钻进元宝街人群，但又很快脱去身上的长袍，胡乱一卷抱在了胸前。然后男人转头在一个烧烤摊前坐下，跟摊主随便要了一盘现烤黄蚬。

烧烤摊焦烟弥漫，林白山站在一旁，默不作声观望。他知道男人身上露出的贴身短袄，在他们朝鲜是叫则高利。

定辽右卫的追兵赶到之前，林白山已经在则高利男人的对面落座。林白山给自己叫了一份烤牛肉，然后笑眯眯盯着对方，说不用那么慌，你肯定是第一次吃烤蚬子。又问他，你来九连城多久了？

男人见到林白山毫不客气地从烤架上抓过去一只蚬子，林白山对着开口的蚬子仔细吸了一口汤汁，跟他说九连城的人都知道，烤蚬子最鲜美的不是肉，而是这口汤汁。接着林白山就说，那么你到底犯了什么事？我觉得你不可能跑得了。

烤熟的蚬子在架子上流溢出丰沛的汤汁。则高利男人看见林白山笑了，林白山说，追你的人可能是定辽右卫的副守备金人杰，金人杰是我女婿，我是他岳丈。

男子就是在这一刻拔刀，然而他起身后还没来得及站稳，迎面飞过来的一条腿就将他踢翻。他仰躺在地上，看见对方伸过来的一只手，瞬间将他的喉咙给死死地卡住。那只手只有四根手指。

来人的确就是金人杰。金人杰将男人的喉咙卡得更紧，他说，吃下去几只烤蚬子，麻烦你全都吐出来。说完金人杰接过总旗官陈文仲递来的麻绳，很快套上了男人的脖子。

差不多是两刻钟之前，金人杰在东市一家客栈前，撞见了眼前的则高利男子。那时候男子正在兜售一把明军队伍专用的柳叶刀，金人杰问他刀子哪来的，男子告诉他是在朝鲜战场上捡来的。金人杰伸出只有四根手指的右手，说站在那里别动，然而男子却猛地撞开陈文仲，嗖的一声跟野狗一样跑了出去。

现在金人杰望向林白山和郑烟直，煞有介事地活动了一下手腕。他同时望向妻子林依兰，心想还好，起码林依兰肚里的孩子，以后每只手都会有五根手指。

3

在九连城城门官许大拿的记忆里，万历二十一年元月十六日的酉初三刻，出现在城门外的一支绵延的队伍着实令他吃惊。那时候许大拿酒足饭饱，正站在城门谯楼上。

夜色降临，许大拿望见那支看不见尾巴的队伍时，起初还以为是从云城方向逃难过来的难民，后来他渐渐看清一辆又一辆沉重的马车，以及许多晃动在马背上的人影，数都数不清。

很快，一条鞭给出路引，以及盖了东征军印鉴的运粮证。接着一条鞭坐在马背上俯身，拍了拍许大拿的脑袋。一条鞭说城门怎么还不打开？

陈集安走在队伍的中间，感觉闻到了属于林依兰的气息。此刻他的目光有点慌，穿透元宝街密集的人群，试图搜寻林依兰的背影。这时候范石器看了他一眼，看他呆在原地，整个人心神不定。

范石器说陈集安你怎么了？

当归客栈的老板娘牡丹怎么也没想到，这天到了酉正时分，她竟然还能接到一个令人羡慕的大单：整整二十辆马车的粮草队伍。

牡丹穿了一身富贵的貂皮，貂皮胸前的纽扣解开，露出里头若隐若现的轻纱。她看见一条鞭像是一阵花里胡哨的风，很随意地闯了进来，后面又跟过来三四五六个全身铠甲的兵勇。牡丹坐在皮垫包裹的太师椅上跷着二郎腿，裸露的右脚勾着一只绣花棉鞋。她不紧不慢摇晃着太师椅边的摇篮，心想这是前线的队伍过来九连城征粮。牡丹的视线于是在一条鞭的身上轻飘飘拐了一个弯。牡丹说不好意思了各位军爷，客栈里已经没有多余的粮。

一条鞭愣了一下，目光在牡丹的貂皮上反复抚摸，抚摸到差不多的时候，一条鞭说粮我比你还多。叫你们掌柜的出来说话。

牡丹继续摇晃身边的摇篮，她说掌柜的叫当归，他去年死了。牡丹又说，我是当归的女人，九连城的人一般都叫我牡丹。

一条鞭忍不住哈哈大笑，笑的时候目光继续探索，很快纠缠上了牡丹貂皮里的贴身薄纱。他在笑完以后十分动情地说，当归死得好！可是你长得这么好看，能不能给我一个理由？牡丹于是跟着一起笑，她见到一条鞭笑眯眯地向她走来，像是要走进客栈的另外一道门。

一条鞭说，我们今晚要这里所有的房间。

牡丹听到这里懒洋洋起身，像是一只雍容华贵的猫。牡丹说军爷，住店是要银子的，当归客栈什么都有，就是没有记账本。然而牡丹看见一条鞭很干脆地摇头，一条鞭说记什么账，那不等于给咱们的东征军丢脸？接着一条鞭又重复了一遍，说，听好了，东，征，军！

那天刘破问的目光也十分艳羡，情意绵绵地趴在了牡丹身上。牡丹玲珑的身子让刘破问浮想联翩，他想起一个词：丰腴。同时刘破问也想起了热气腾腾的蒸熟的馒头，他想这样的女子简直令人呼吸困难，也会让人觉得口渴。

刘破问顶着沉重的枷锁站在客栈门外，看见脚下的雪地花花绿绿，铺满了花炮炸开来的纷乱的碎片。他想客栈今晚是不是有喜，怪不得刚才进城的路上，夜空中的烟花十分嚣张，就跟泼出一盆五彩斑斓的水一样。这时候有个名叫元凤的店小二迎面走来。元凤的脸据说是被深度烧伤，所以戴了一片很奇特的羊皮面具。元凤告诉马前草和王芙蓉，客栈刚刚济济一堂，是因为老板娘给女儿办了一场隆重的百日宴。元凤手搭一条湿答答的抹布，指了指店堂中央的摇篮，他说小宝宝正躺在摇篮里睡得很香，小宝宝来到九连城，不多不少正好是一百天。

刘破问于是再次望向客栈厅堂，觉得宽敞气派又无比亮堂。他还看见里头用来取暖的炉火生得很旺，木材哔啵作响，与此同时，他也闻见飘荡过来的酒肉的芳香。刘破问心想，有些人的确是命好，哪怕是一生下来就死了亲爹，照样一辈子活色生香。

刘破问转头，扣在脖子上的枷锁令他很烦。他看了一眼站在一旁的陈集安，觉得心里更烦。刘破问说最好给我安排一间稍微清静一点的房。

　　陈集安其实住不起客房，他带来的银子只够他跟范石器他们在马厩里待上一晚。马厩里阴冷潮湿，陈集安让马前草和王芙蓉抱来许多稻草，在隐风处铺出一块宽阔的地铺床。

　　此时一条鞭坐在厅堂里热气腾腾的火炉旁，一门心思啃着马夫给他送来的烤肉。烤肉让他满嘴流油，他是在冷不丁抬头时看见，太师椅上的牡丹正在给她胖嘟嘟的女儿喂奶。

　　一条鞭慢吞吞咬了一口肉，目光留在牡丹的身上。他用缓慢的声音问，孩子叫什么名字？

　　牡丹说她叫朵朵。

　　一条鞭孜孜不倦观赏牡丹喂奶。他听见奶水进入朵朵的嘴里，发出咕嘟咕嘟的声响。他想朵朵有这样的口福，以后肯定会是九连城的另外一朵牡丹。

4

　　夜风穿过马厩栅栏，吹在陈集安脸上，也吹在范石器额头那块被冻得发黑的逃兵烙印上。陈集安提着刚刚打来的一壶酒，朝地上洒出一杯，接着又洒了第二杯，分别敬给丁生金和赵小花。

他把酒壶递给范石器，说，我现在就想把一条鞭给剁碎。

酒很苦。范石器一点一点咽下，他想起云城四兄弟，到了现在只剩下一半。

许多年前的一个下午，云城四兄弟躺在一片草坡上，百无聊赖看云。那时候赵小花问范石器，什么样的云才是瀑布云？范石器说我哪里知道，我连瀑布都没有见过，总之架阁库有本书叫《说云》，《说云》里提到，瀑布云要黄山和庐山才有。赵小花问黄山和庐山在哪里？范石器答不上来，陈集安就踢了一腿赵小花。陈集安说，黄山和庐山在你嘴里。

那天丁生金提议兄弟四人去刺青，每个人的手臂上刺一朵云。因为丁生金叫鱼鳞云，所以他决定刺青一片云，云里游了一条红鲤鱼。结果在豆腐渣胡同的刺青房里，刺青的丁生金痛得额头冒汗牙关咬紧，站在一旁的三人便双腿抽筋，一窝蜂一样散了。

那天丁生金把赵小花追出去很远，兄弟四人嘻嘻哈哈，笑声也传出去很远。

范石器想到这里抹了一把眼。他跟陈集安说，要剁碎的不止是一条鞭，物见队的所有成员，哪怕有一个人逃脱，云城被盗走的舆图就有可能被送往位于朝鲜的日军总部。

陈集安说关起门来打狗。陈集安又说，大哥我再去给你打一壶酒。

陈集安提着酒壶去厅堂里打酒，一条鞭正和牡丹喝酒划拳，两个人你来我往十分热闹。一条鞭脚踩一条长凳，指着陈集安说别吵。陈集安说我只是过来打酒。一条鞭说打酒打酒打你个死人头，说完就抓起桌上一块烤肉，朝陈集安劈头盖脸砸了过去。一条鞭说走走走，这里没有酒。

范石器后来看见陈集安提着空酒壶回来，走到马厩跟前时突然就吐了。那一刻陈集安扶着栅栏，整个人吐得翻江倒海，脸上汗如雨下。

陈集安不停地抽搐，一只脚使劲猛踩脚下的雪。他过了很久以后才抬头，抬头时面色苍白，努力跟范石器笑了笑。范石器见他渐渐安定下来，也听见一条鞭和牡丹的划拳声并未停止，于是说现在你正好可以走，我告诉你去肆城口胡同该怎么走。

5

陈集安从当归客栈的后门离开，为的是避开一条鞭的视线。出门后他没有走路途更近的元宝街，而是在绕来绕去的胡同里穿行，以免在夜市里撞见一条鞭的手下。

肆城口胡同甲七号是林白山住所。想要关门打狗，将物见队细作全部拿下，并且搜出舆图，只有寻求林白山的定辽右卫的援助，这也是陈集安和范石器两人共同的想法。

陈集安穿过狭窄的财神街，进入逼仄的宝石胡同，前面就是范石器告诉他的积善坊。此时陈集安摸了一下左手的口袋，确定李如松总兵交给范石器的亲笔手谕还在。如果没有这份手谕，他就无法跟林白山解释事情的缘由。

积善坊里响起磨刀的声音，陈集安向胡同深处走去，看见有家门前升起一股浓烟。他走到那户人家门口，见到主人蹲在地上正准备剁鸡。褪了毛的鸡摆放在案板上，主人抡起菜刀嘭的一声将鸡头斩断，接着又将鸡身鸡脖切成一块一块。陈集安见到这一幕顿时两眼一黑，整个人冲奔出去很远。他跟跟跄跄奔到一处墙角，忍不住再次吐了，一直吐到虚脱。

刚才在当归客栈，一条鞭向陈集安砸来一块烤肉，那时候陈集安随手接住。陈集安摊开手里的烤肉，发现上面有一片清晰的刺青，刺青的图案是一朵云，以及游动在云里的一条红鲤鱼……

陈集安的脑袋轰的一声炸响，他立刻就吐了。他脑子里晃来晃去的，是丁生金被残忍地碎尸，碎尸以后又被一条鞭做成人肉烧烤……陈集安回到马厩，依旧无法停止呕吐，呕吐时他又必须挡住身边的范石器，然后将那块丢弃的烤肉深深地踩进脚下的雪地。

<h1 style="text-align:center">6</h1>

离开元宝街夜市，林白山并没有回去肆城口，而是去了郑烟直的松花温泉浴池。浴池开张了很多年，浴客人来人往。休憩楼总共两层，位于露天浴池的右手，用清一色的松木板搭建。林白山登上二楼，看见夜色弥漫，也依稀望见远处静默的虎山山峦上，趴着属于明长城的弯弯曲曲的身影。

绵延的明长城东起鸭绿江西至居庸关。为防御北方外来势力侵袭，其巍峨的城墙从明朝正统年间开始修建，用材与秦时的长城极为相似。

郑烟直去火炉里烧水，手里始终摩挲着一把黑白棋子。他听见林白山说，有件事情我想了很久，现在想听听你的意思。郑烟直说你要是再不开口，我可能会被你给憋死。

林白山说我想跟你借粮。

郑烟直说不用借。九连城的兵勇要是缺粮，我明天给你送一车过去。

林白山摇头，盯向桌上一尊白瓷佛像，佛像体态丰腴，目光透露出祥和。林白山说粮草是要送去朝鲜。

郑烟直说你是想把我的丹顶鹤粮行给搬空？

郑烟直不会忘记，刚才就在温泉浴池门口，城门官许大拿急匆匆带来一名前线过来的信使，信使将一封羽书送到林白山手里，于是打开羽书的那一刻，林白山眉头皱得很紧。

郑烟直将手中棋子放进棋篓，起身走去身后的书桌。他打开抽屉取出摆在里头的《烂柯图》棋谱，递到林白山眼前。林白山问他什么意思？郑烟直说，棋谱可以借，粮行是我的心血。

林白山说前线将士忍饥挨饿，肚子空空去跟倭寇砍杀，他们是为了这个国家。

郑烟直听到这里笑了。郑烟直说可是我是朝鲜人。

此刻林白山彻底被激怒。他猛然站起身子，起身时将桌上的棋篓撞落。棋子稀里哗啦滚成一片，林白山在嘈杂的声音中说，原来郑掌柜是这么想的，那么我问你，难道明军将士不远万里，为的不是你们朝鲜的江山？

郑烟直看见几十枚棋子在地上翻滚，其中几枚长途跋涉，一直滚进了墙角处松木板间的夹缝。郑烟直说不要跟我提朝鲜，我当初来到九连城，就是因为想跟那个国家一刀两断。

郑烟直曾经跟林白山无数次说起，说许多年前自己曾经求学于平壤司译院。司译院属于朝鲜礼曹衙门，教习汉语、日语、蒙古语及女真语，学员学成后倘若学业优秀，可以进入王京汉城担任宫廷译官。郑烟直在那条路上踩得很稳，他甚至利用宫廷译官的冗余时光，将司译院的汉语教材《老乞大》编写得更为生动详细，不仅指点朝鲜人去明朝卖马的方法，还介绍到了京城后如何入住旅店、如何请大夫、如何向汉人推介朝鲜特产野山参等。然而这一切换来的结果，是朝廷亲倭派突然向国王李昖上奏，指责他多次去明朝京城的目的不是游学，而是向明廷出卖朝鲜的官方信息，其中包括朝鲜高层与日本军方的暗地交往。郑烟直就此入狱，接受周而复始的审讯，最后他被当作罪人踢出宫城，从此永不录用……

这天浴池休憩楼的一楼大堂，躺着许多闲聊喝茶或是等待修脚的浴客。后来所有的浴客都听见，楼上的林白山和郑烟直突然就吵得很凶。林白山气势汹汹推开木门，说不借也得借，信不信我现在就封了你的粮行？这时候郑烟直冷笑，郑烟直说你是大权在握的林守备，一切都随你的便。

林白山踩上下楼的楼梯，扬起木板上许多灰尘。浴客们也是在这时候听见，他在嘴里骂出一句：不可理喻！

7

陈集安在宝石胡同里胡乱擦了一把脸。他继续往前。

肆城口胡同呈东西走向，位于九连城城北区域。九连城始建于金代，元朝时设立婆娑府巡检司治所，因城内有九处互连的城池围壕，故称九连城。

陈集安沿着胡同里的夯土墙，一路由西往东寻找其中的甲七号。此时他并不知道，林白山也正在赶回家中的路上。路上林白山见到一个走在他前头的打更人，打更人提了暗红的灯笼，肩上趴着一只黑色的猫。时间是戌正三刻，在打更人的竹梆声中，林白山似乎听见身后传来一阵脚步，他回头，结果什么也没看见。

陈集安挨家挨户寻找甲七号，途中听见远处传来的狗叫声，他见到了甲十一号，也见到了甲九号，那么他想前面那处灯笼映照的宅院，应该就是林宅。此时暗夜里蹿出一只猫，猫冲出很远以后回头，绿色的眼睛黝黑的皮毛。现在陈集安在甲七号门前站定，他抬手正要敲门时，空中却猛然掉落一个硕大的物体，嘭的一声砸落在他脚边。陈集安吓了一跳，等到扬起的雪纷纷散开，他恍惚听见一声疲惫的呻吟，然后他凝神一看，看见躺在地上的，竟然是血淋淋的林白山。

血从林白山的胸口冒出，伴随他缓慢的呼吸。狗叫声越来越凶猛，陈集安手忙脚乱蹲下，正要将林白山抱起时，眼前的院门哗的一声打开，里头冲出来的一帮家丁如临大敌。家丁怒喊一声抓刺客，声音穿透夜幕，即刻将陈集安淹没。

陈集安看见许多把锋利的刀子，转眼之间向他逼来。

夜色望不到尽头，陈集安昏昏沉沉跃上屋顶。他看见无边无际的雪，犹如一望无际泼出去的血。

肆城口胡同瞬间沸腾，陈集安奔跑在屋顶，在洪水般的抓刺客的声音中拼命飞奔。耳边响起嗖嗖嗖的箭雨，飞舞的铁箭头仿佛要将眼前的夜色给射穿。

8

牡丹的睡房位于当归客栈二楼。戌正三刻左右，一条鞭提着一个酒壶上楼，十分干脆地将那扇门给推开。里头烛光摇曳，一条鞭兴致勃勃盯着牡丹说，我还要跟你划拳。说完一条鞭抬起右腿稍微踢了一脚，将门板给重新合上。

　　一条鞭开始抚摸牡丹的手，抚摸得爱不释手。牡丹说鞭把总，能不能把手还给我？一条鞭就牵着她的手，走去了盖有两层绣花棉被的床沿。此时他见到躺在床上熟睡的朵朵，看见她粉嘟嘟的脸，就走过去轻轻捏了一下，然后一条鞭背对着牡丹说还等什么？你可以脱衣服了。

　　牡丹靠在梳妆台前，说鞭把总，能不能不开这样的玩笑？一条鞭却在此时解下挂在腰间的柳叶刀，十分安静地摆在了入睡的朵朵的身边。接着他解开自己繁重的铠甲，他说东征军在前线提着脑袋浴血奋战，每天刀里来火里去，所以才会有九连城安居乐业的当下，东征军很辛苦。

　　一条鞭说完，很轻松地将牡丹按压在了身下。牡丹躺在那里毫无主张，她看见远处的墙角突然冲奔出一只老鼠，老鼠像是喝醉酒，稀里糊涂奔跑出一段路，随后就闭上眼睛脑袋一歪，倒在地板上四仰八叉。牡丹知道，那是她昨天撒下的老鼠药起到了效果，老鼠药是叫"断肠"。

　　一条鞭后来心满意足，他坐在床头，饶有兴致地看着地上那只死翘翘的老鼠。

　　但是一条鞭披上铠甲的时候忽然听见，头顶瓦片上竟然响起一阵匆忙的脚步声。他抓起柳叶刀即刻冲去门外走廊，看了一眼挂在屋檐处的冰溜子，当即朝空中胡乱喊了一声：

谁？！

9

陈集安哗啦一声从客栈房顶落下，落下以后冲去马厩，瞬间将范石器身前的枷锁给斩断。陈集安说快走！

两人冲出马厩，原本想走后门，此时后门却被一条鞭堵住。陈集安于是转身，带上范石器冲去前门，然而他们奔出没几步路，就见到了迎面赶来的定辽右卫兵勇，带领他们的是副守备金人杰。金人杰拔刀，说，陈集安，冤家路窄，原来还是你。

范石器不知道发生了什么，但他听见陈集安说冲出去，所以他抄起靠在墙边的一根木棍，还未等陈集安拔刀，就转身朝一条鞭的手下砸了过去。木棍在阿香身上裂开，范石器也夺过了抓在此人手中的刀。

陈集安毫不犹豫跟上，刀子刺出，扎中了冲过来的芒果。那一刻两个人被左右围攻，陈集安转身面对冲过来的金人杰的手下，然后背对着范石器说你先走。

四周刀子呼啸，范石器说要走一起走，陈集安就冲到他身边，闪亮的云南斩马刀挥舞得猛烈，砍向了阿香的肩膀。陈集安又对范石器喊了一声，快走啊！

范石器后来杀出一条道，很快消失在夜色中。陈集安留在原地，刀子挥舞得更加勇猛。此刻陈集安十分清楚，当着一条鞭的面，他根本无法跟金人杰解释一切事情的缘由，他相信自己没有退路，所以就越战越勇。地上相继躺下一条鞭的手下，血在流。此时枣红马冲出马厩向他奔来，他迅速挡住身后砍过来的刀子，眼看着就可以飞身上马就此远去时，却见到围攻的人群后走出一个身影，一步一步缓缓向他走来，身影如入无人之境，简直安静到令他窒息。

不会看错，那是林依兰。此刻林依兰望着陈集安，仿佛望着一个陌生人。夜风将她拍打，她眼里呈现无限的悲伤。

林依兰说我父亲不在了，陈集安你为什么还要逃？

陈集安听见这句话顿时愣住了，整个人陷入巨大的荒凉，顷刻间丧失了所有的力量。夜风似乎在他面前停住，挡在他跟林依兰的中间，他无比惊讶地望着林依兰，手中的刀子不由自主垂下。

此刻陈集安的双腿摇晃，感觉难以承受身体的重量。金人杰上前踢了他一脚，他于是茫然无助地跪下。与此同时，一根绳索也即刻套上他脖子，接着又绕到身后，将他整个人扎扎实实地捆绑。

　　陈集安跪在地上，听见金人杰跟一条鞭之间的交谈。金人杰说，眼前的陈集安，刚刚刺杀了定辽右卫守备林白山。一条鞭听闻此言即刻举刀，刀子就要砍向陈集安。这时候林依兰喊了一声：慢！林依兰盯着一条鞭，说，你又是谁？

　　一条鞭扭了扭脖子，满不在乎地笑了，他给金人杰递上运粮证，自称是前线派去云城的粮草官，同时他还告诉金人杰，刚刚被陈集安放走的范石器，是要送去前线砍头的死囚犯，那人是个可耻的逃兵。

　　金人杰将一条鞭的运粮证递给林依兰，林依兰只是看了一眼就说，有人杀了我父亲，我父亲是定辽右卫守备，凶手如何处置，该由九连城做主。一条鞭于是眼睛一眨，放下手中的刀子，他想反正他陈集安横竖都是一个死，至于死在谁的刀下，其实他根本无所谓。

　　陈集安听见金人杰一声令下，勒令手下兵勇即刻将他押送去监狱，等待明天当众问斩。并且金人杰下令，即刻全城搜捕范石器。

　　那天让王芙蓉和马前草无法接受的是，金人杰竟然让两名定辽右卫兵勇各自上马，然后又让人用一条足够长的绳索，将已然被捆绑的陈集安的双手给牵住。接着等到绳索绑牢，两名兵勇就同时抽动马鞭，于是当两匹快马甩开蹄子奔跑时，被绳索扯过去的陈集安只是勉强跑了一段路，就无法挽回地在雪地上扑倒。马越跑越快，陈集安无可奈何趴在地上，被那股强大的力量拖拽着不停翻滚，整个身子像是一只翻滚的麻袋。

林依兰看见雪地被割开，雪花飘扬犹如飞舞的尘埃。她还看见两匹马精神抖擞，拖拽着陈集安似乎不费吹灰之力，很快就在前面那个路口非常轻松地拐弯。陈集安在雪地上翻滚，身影越来越渺小，直到最后在拐弯以后彻底消失不见。这时候林依兰抱紧自己，眼角滑落一滴泪。

当归客栈的店小二元凤也在现场，元凤可能从来没有见过如此惊心动魄的夜晚，所以有好几次他都想摘了脸上的羊皮面具，让自己舒舒服服地透一口气。后来元凤看见林依兰站在那里一直抬头望天，望天的时候瑟瑟发抖。元凤想，那是林依兰不想让人看见她在流泪。

马前草那天忍不住哭了。马前草一直望着陈集安身影消失的那个路口，泪水接二连三掉落。他说王芙蓉你告诉我，这一切究竟是因为什么？

王芙蓉擦了一把不争气的眼，声音哽咽。他说马前草你能不能坚强一点，不要掉眼泪？你都掉眼泪了，那我怎么办？

10

亥正时分，九连城正城门外的雪地，逃脱的范石器在等候陈集安的到来。刚才在客栈，陈集安在厮杀中告诉他，九连城已经不能再待，两人必须分头逃亡，前往城外会合。

四周寂静，月光一派寒凉，范石器想起刚才的厮杀，觉得万历二十一年对他来说真是仁至义尽，随时都会送他一份厚礼。

头顶的谯楼上传来城门官许大拿愉快的歌声，许大拿可能是心里发痒，所以荒腔走板哼起一段香艳的小曲。这时候一同守城门的小弟给许大拿送来了夜宵，许大拿质问他为何如此拖拖拉拉，一碗夜宵熬到这个时候才送到？小弟就说大哥你难道还不知道，林白山守备被人杀了。小弟话还没说完，许大拿就抽过去一个很响亮的嘴巴。许大拿记得很清楚，就在两个时辰前，自己还带了前线的信使过去给林守备送信，那时候林守备活得比兔子还新鲜。然而小弟觉得比窦娥还冤，所以他捂着自己的脸说，这事情千真万确，林守备就死在自家门口，身上中了好几刀，现在城里已经戒严。

范石器听到这里在雪地上坐下，觉得身上有更多的力量被抽走。他也是到了现在才明白，陈集安刚才去肆城口胡同到底是遭遇了什么。没有了林白山，他们之前所有的计划都将泡汤。范石器想到这里把头埋下，埋进了膝盖，却很快见到一滴血，掉落在眼前的雪地上。血掉得越来越多，纷纷在雪地上化开，范石器这才意识到，那是额头上的逃兵烙刑伤口裂开，所以他现在才感觉疼痛难忍。

从离开平壤到现在，范石器觉得自己是惊涛骇浪中的一条船，每一个浪头都是飞来横祸，时刻想将他掀翻。

城门里传来由远及近的马蹄声，以及马缰勒住以后几匹快马急促的喘息声。这时候马背上有人朝许大拿喊话，让他即刻把城门给关了，防止云城过来的一名死囚犯逃脱。许大拿夜宵刚吃了一半，嘴巴好不容易张开，他说老子即刻把城门给关死，从现在开始，连鸟都飞不出去一只。

范石器抓起一把雪盖住流血的伤口，又撑起快要散架的身子。他觉得不能再等了，所有的惊涛骇浪可能才刚刚开始，此刻他不能让陈集安独自留在九连城，因为陈集安是他剩下来的最后一个兄弟。

11

　　林依兰走在回去肆城口胡同的路上，并没有感觉到冷。她提着陈集安遗留下来的云南斩马刀，仿佛是她自己的刀。金人杰后来为她披上一件衣裳，她才意识到原来这一路走来，并不是只有她一个人。

　　提在手上的云南斩马刀很沉，林依兰走得很慢。她害怕回去，因为怕见到父亲的尸体。路上她遇见一群围在元宝街旁的女人，女人们交头接耳，说林守备刚刚被人杀了，就死在自家门口，据说凶手是他女儿的男人。所有人大吃一惊，有人说林守备的女婿就是金副守备，那人刚刚还从这里打马经过。先头说话的女人于是两只眼睛一闪，说，你以为人家只有一个男人？许多事情你不懂。

　　林依兰听到这里将金人杰为她披上的衣裳抖落。她走去那群女人身后，站定以后说，我就是有十个男人，跟你们有关系吗？说完林依兰站在那里不动，像是一块刚刚出现的石头。

　　林依兰转头，看见金人杰站在路的对面。金人杰背对着她，牵着一匹沉默的马。林依兰就走回去，看着金人杰的眼睛，说，杀我父亲的人，不是陈集安。

金人杰愣了一下，以为自己听错。他过了一阵说那你告诉我，谁是凶手？

林依兰无言以答。面对金人杰，她常常是无言以答。

林依兰踩着雪，一个人继续往前。她想起来到九连城后跟金人杰结婚的当晚，自己突然就后悔了。那天金人杰一直在外面没完没了地敬酒，非常开心地喝酒，每次都喝下一大碗。金人杰的父亲叫金天赐，是林白山出生入死的战友，两人曾经并肩抗击北方蛮夷。大喜的日子里金天赐叫了许多老战友，一起庆贺他跟林白山成了亲家，所以金人杰也就把酒喝得十分生猛。那天林依兰一个人在婚房里等了很久，到了后来她竟然有了一种奇怪的想法，觉得如果今晚的新郎官是陈集安，那么陈集安肯定会片刻不离始终陪伴她左右，一直待在属于两人的新房。所以那天林依兰在后悔中不可自拔，突然就泪如雨下。她一次次问自己，当初离开九连城，为何要在陈集安的门前说：你会后悔的。

林白山的贴身护卫就是在这时候赶到。护卫禀报，仵作已经仔细查看过林守备的伤口，根据创口形状及其宽度和深度分析，凶器可能是日本人的苦无。林依兰问，什么是苦无？护卫说，苦无是日本人的手里剑，类似于短刀或者匕首。护卫还说，刚才在当归客栈，从陈集安身上搜出的一把短刀，就叫苦无。

金人杰转头看了一眼林依兰，但他听见林依兰说，不可能。

12

定辽右卫营房位于伍城口，这是九连城九处围壕旧址的第五处，地处城西。

伍城口曾经挖掘出许多蒙古马的骨架，以及众多属于元代的兵器，包括长矛和扑把，双钩枪以及铜骨朵，还有蒙古刀和抛石机等。

金人杰很快赶到，带着林依兰直奔营房内的验尸房。

验尸房外安静得出奇，里头烛火通明，火光在夜色中燃烧。但是推开门板的那一刻，金人杰整个人惊呆了。他看见守卫的兵勇及两名仵作被扎实地捆绑在一起，那么多人挤成一团十分慌张地坐在地上，嘴里都塞了一团裹尸布。金人杰唰的一声拔刀，见到验尸台上的林白山尸体还在，但是验尸台的另外一头，此时在摇晃的烛光下，却突然钻出一张脸，无所顾忌地看了他一眼。

金人杰看得十分清楚，那是破衣烂衫的陈集安，跟乞丐一样的陈集安。

陈集安一点也不慌，埋头望向林白山的尸体。他试着扯开尸体胸前的衣裳，仔细端详以后头也不抬，却跟金人杰说，你见到的不是鬼，给我拿把剪刀过来。

金人杰给陈集安送去的，是自己的雁翎刀。他一刀砍了过去，陈集安却在验尸台前不慌不忙躲了躲。陈集安低头，见到胸前一片本就破烂的衣裳被削断，飘落在林白山惨白的脸上。他仔细捡起那块碎片，扔出以后埋怨道，没有脑子的家伙。此时金人杰的刀子再次向他砍来，他于是身子一仰，就在刀子经过额头的时候出手，瞬间将金人杰的手腕给掐住，并且很及时地摘下他的雁翎刀。

陈集安说，麻烦金副守备仔细想一想，林守备在九连城有没有什么仇人。另外查一下林守备今天接触过哪些人，即刻把他们全都叫来，咱们一个一个问话。

林依兰将护卫及仵作松绑，又让人送来陈集安身上搜出的那把苦无，仵作接过以后上下翻转，最后说没错，杀害林守备的凶器就是它。陈集安认得那把形同峨眉刺的苦无，那是范石器在红松冈雪地上从丁生金的头颅旁挖出来的，挖出以后又交给了他。他记得刀面上细小的日文，以及缠在刀柄上红色的丝线。现在陈集安看见金人杰盯着他，目光喷火，于是他说既然凶器确定是苦无，那我们更应该好好谈一谈。

陈集安让护卫和仵作退下，验尸房里只剩下金人杰以及林依兰。陈集安说，九连城现在危机四伏，一条鞭的粮草队全都是倭寇，是日谍，范石器是李如松总兵派回的暗桩，目的是查找入境的日谍。陈集安还说，他之前赶去肆城口胡同，就是为了向林白山寻求定辽右卫的援助。说完陈集安举起那把苦无，他觉得现在可以断定，林守备就是死在日本人的手下。但是陈集安又说，凶手不是一条鞭本人，因为案发时，一条鞭是在当归客栈。

林依兰盯着陈集安，一直等到他把话说完。她依旧看着这个男人，心里在想，此刻的陈集安究竟是如何出现了验尸房？

陈集安之前被拖去监狱的路上时，因为两匹马在一个路口减速拐弯，他就抓住机会，双腿撑住拐弯处墙角猛地跃起。他凌空飞出一段距离，很快飘落在押送他的其中一名兵勇的眼前。兵勇还没搞明白到底发生了什么，只是听见嗖的一声，身上的刀子已经被夺走，而且寒凉的刀尖正指向他额头。刀尖纹丝不动停在空中，举刀的陈集安缓缓开口：带我去见林守备的尸体。他会在九泉之下感谢你。

13

金人杰怎么可能会相信陈集安的那一套：死囚犯成了重任在身的暗桩，前线运粮官却是乔装打扮的日谍，而且还跟林白山的凶杀案有关。金人杰说，陈集安你编得非常完美，我差点就要相信你了。陈集安骂了一句愚蠢，他说你能不能稍微用点脑子想一想，我要是跟林守备的死有关，现在怎么可能会出现在这里？

那你还能去哪里？金人杰冷笑，城门已经关闭，你在九连城插翅难飞。

这时候陈集安想起李如松总兵交给范石器的那份亲笔手谕。他掀开胸前破烂的衣裳，伸手探进贴身口袋时，才发现因为之前在雪地上被拖拽，那份手谕已经被打湿，成了一团湿答答的纸。他将手谕拿出，已然破损的纸片更是惨不忍睹。潮湿又破败的纸片一点一点掀开，林依兰看见所有的字眼都化开，实在难以辨认，而且碎片根本无法拼凑到一起。

金人杰再次笑了，笑的时候一次次点头。金人杰说不错，我已经看得很明白，原来真相果然就是一团烂泥。

金人杰的雁翎刀被陈集安扔在桌上，他望向那把刀，说陈集安我要不要提醒你，这里是定辽右卫营房，驻扎的兵勇不少于三百。其实不用我出手，我只要一声令下，你的刀子哪怕再快，他们也会在瞬间将你拿下。

然而金人杰没有想到，此时的林依兰径直走到他眼前。林依兰说，有些事情我必须告诉你，我昨天夜里去了一趟云城，是替父亲给刘四宝县令送信。

那又能说明什么？

在此之前，有个前线过来的信使给父亲送来一份加急羽书。父亲看完以后将羽书烧了，然后就急着想要过去一趟云城。

金人杰想笑，最终没有笑出来。

金人杰说结果是你替他去了？

父亲特意写了一封密信。他告诉我信的内容必须保密，除了刘四宝，谁也不能知道。

金人杰还是忍不住笑了，信的内容可以保密。但是你昨晚去云城这件事情，难道也需要对我保密？

14

许大拿奉命将城门关上之前，范石器已经抓住时机回到了九连城。进城的范石器借助夜色的掩护，行走在可能存在的任何一

条无名小道，并且他尽量贴着路边走，以躲开在城里四处搜捕他
的定辽右卫兵勇。范石器小心翼翼，希望这段路走得越短越好，
最好不需要回到当归客栈，他就能遇见顺利脱困的陈集安。

范石器相信，面对一条鞭和金人杰，陈集安不会恋战，也没
有理由恋战，否则他们的计划就成了泡影。

如果不是因为出现在黑夜胡同里的一条狗，回到城里的范石
器这天也不至于会暴露。范石器看见那条狗有模有样守在一户人
家门口，狗慢吞吞向他走来，目光渐渐阴沉。范石器停下脚步，
看见它很不情愿地伸了伸脖子，继而在喉咙底下发出一阵含糊的
抱怨。范石器觉得不对，想要转身离开，愤怒的吠叫声却在第一
时间响起。吠叫声起初比较零乱，只是一声两声，范石器希望狗
能就此平静，但是它狂乱的叫声却在突然之间变本加厉。

范石器开始奔跑，奔跑时听见身后喧哗的叫喊声，随后，追
赶过来的马蹄声和脚步声就显得非常密集。眼前的胡同他有点印
象，之前从平壤回来时曾经走过一趟，可惜这条胡同不够狭窄，
足以让追赶他的官兵策马经过。范石器一边奔跑一边提醒自己，
前面一个路口必须左拐，因为右拐后迎接他的将会是一条死胡
同，胡同尽头是某户人家垒墙封闭的菜园。但是范石器左拐以后
顷刻间陷入绝望。他竟然把菜园的方向给记错了，眼前这条路才

是真正的死胡同，将要置他于死地的胡同。

　　带队追赶的小旗官进入左拐胡同后心怀窃喜。他当然记得胡同尽头那堵高耸的墙，甚至于墙外那片绿油油的菜园。但是小旗官后来失望了，他信心满满走到那堵墙跟前，以为会见到一个束手就擒的范石器，最终却没有发现半个人影。他望着一人多高的墙发呆，心想那人难道是刨开泥土钻去了地底？后来在不远处的墙脚根，有个随从捡到一只破旧的战靴，靴子还在冒着热气。小旗官把破靴子甩出去很远，上马以后望着来时的方向气呼呼喊了一声：绕回去！

　　此刻的范石器正漂浮在一片荡漾的井水里，屏住呼吸不敢发出任何声音。刚才他冲到墙脚根，的确跳起身子试图翻越过去，但是墙体很高，墙面上还有湿滑的雪。范石器六神无主站在那里，知道了什么才叫穷途末路。这时候他突然见到一口井，就在几步开外，黑魆魆的井口无比安静地敞开，似乎在等候他的到来。

　　范石器急忙脱下一只靴子留在原地，然后就悄无声息地踩进了井里。

　　现在范石器手抓井沿，像只酒葫芦一样悬浮在水里。周遭的井水竟然一点都不冷，反而有着酥痒的温暖。范石器漂浮在水里，竟然有点留恋。后来他在那片温暖的井水里荡漾，几乎睡着了。他非常需要一场睡眠。

但是范石器从井水里爬出时，终于知道什么才是真正的冷。冰冻深入骨髓，即刻让他失去知觉。他全身淌水，身子止不住摇晃，两排牙齿始终在打战。等到那只光脚毫无防备地踩上雪地，他脑子里似乎响起咔嚓一声，觉得整个人瞬间凝固成一块坚硬的冰。

范石器在夜色中战栗，无计可施只能抱紧自己。这时候有人在背后拍了一下他肩膀，于是他即刻停止颤抖，连脚趾都感觉到绝望。此时他想拔刀，然而冻僵的双手却根本不听使唤，怎么也无法攥紧刀柄。于是范石器笑了，笑得不明所以。他转动僵硬的脖颈回头，然而回头时看见的，却是当归客栈的店小二元凤。

元凤平白无故喊了一声哥，顷刻间泪如雨下。范石器如坠云雾，奇怪声音怎么如此熟悉。这时候元凤一把掀开脸上的羊皮面具，向他呈现出一张完好无损的脸。此时范石器无比惊讶，惊讶于站在眼前的男人，竟然是自己的四弟赵小花。

赵小花又喊了一声哥，让范石器听见辽远的苍凉。范石器瞬间将赵小花抱紧，仿佛抱住一个起死回生的自己。

15

　　城门官许大拿，肆城口区域的打更人，松花浴池掌柜郑烟直，以及这天待在浴池休憩楼一楼的修脚师傅等，相继被传唤到了伍城口定辽右卫的营房。他们在接受问话的时候，陈集安已经在验尸房里掀开了林白山胸前的衣裳。

　　林白山中了两刀，刀口赫然醒目，位置都在左胸，刀子插得很深。他穿了三件衣裳，里头一件贴身的白褂，中间是夹袄，外面一件覆盖及膝的长袄。长袄掀开，夹袄上也是两个洞眼，血将露出来的棉絮凝结，宽阔的一片。但是陈集安发现，刀口左下角的那片夹袄上，风干的血块明显比较淡，甚至还有一两处并没有沾染到血迹。

　　陈集安提着剪刀，将被血凝结在一起的白褂和夹袄剪开，一直剪到夹袄上血迹稀少的那片区域。这时候他就发现，原来那片区域的贴身白褂上，正好缝了一只口袋，口袋的外面那层粗布，因为原本就是血迹稀少，所以渗出到夹袄上的血就更少，只剩下淡淡的一片。

　　陈集安用剪刀尖挑开那只口袋，发现里面什么都没有。那一刻他把剪刀放下，望向林依兰的时候说，口袋里有什么东西被取走了，是在林守备中刀以后。这时候在场的仵作也忍不住点头，他似乎看见这样一幕：林白山中刀以后许多血涌出，瞬间打湿贴身的褂子，继而漫涌渗透至夹袄。但是因为褂子上的贴身口袋里起初塞了一份什么物件，物件将漫涌过来的血挡住，后来物件又被凶手取走，所以口袋的外层才慢慢渗透出最后一波稀少的血。

许大拿和郑烟直等人的供词随后送到。根据许大拿反馈，他在这天傍晚曾经带了前线的信使过去松花浴池找过林守备，见面地点是在浴池门口，那时候信使塞给林守备一封羽书，林守备看了以后目光拧紧。许大拿的供词和郑烟直的相互印证。郑烟直的供词也提到了这个信使。陈集安听到这里，便在林白山另外两件衣裳的所有口袋里翻寻，结果根本没有见到羽书的影子。陈集安说凶手杀害林守备，就是为了夺走这份羽书。但是审讯官说，根据郑烟直提供的消息，林守备之前在浴池里跟他吵翻了，为的是向他借粮，所以那份羽书可能不是什么重要的情报，只是前线送来的一份征粮令。

审讯官还说，林守备跟郑烟直的争吵原因，在修脚师傅的证词里得到了印证。据修脚师傅回忆，林守备离开浴池时火烧眉毛怒气冲天，放下狠话要封了郑烟直的丹顶鹤粮行。

陈集安站在窗口，证词里提起的所有事件，在他眼里一幕一幕掠过。他认为目前查案的关键，是要了解前线信使送信到松花浴池时，除了许大拿和郑烟直，那一幕有没有被其他人看见？他认为有没有这样一种可能：就在自己离开当归客栈前往肆城口胡同时，一条鞭手下有人去了松花浴池泡澡，所以这人亲眼目睹了前线信使送到林白山手里的羽书。作为训练有素的物见队忍者，这人肯定急于知道羽书中的情报内容，身边也携带着杀人利器苦无……想到这里，陈集安提上被林依兰从当归客栈带来的云南斩马刀。可是他就要离开时，却见到一群密密麻麻的兵勇已经将验尸房的房门给堵住，领头的是定辽右卫的总旗官陈文仲。陈文仲站在门外不动，说，回去，谁让你离开这里？

陈集安望向盯牢他的金人杰，他说你要是一定要将我问斩，等到天亮了也不迟，天亮了等我查完案子，我在城门口等你。金人杰一声不吭，身子转了过去。这时候林依兰走去门口，跟陈文仲说让开。陈文仲站在那里犹豫不定，林依兰就一把将他推开。

林依兰说，我跟他一起去。

16

陈集安在赶去松花浴池的路上，林依兰负责给他带路。时间已经过了子时，来到了万历二十一年的元月十七。此时陈集安并不知道，他原本以为已经在红松冈死于非命的赵小花，实际上已经同范石器重逢，并且两人在离他不远处的一个地窖里烤火。

九连城的地窖冬暖夏凉，当地人将地窖挖得很深，空间也足够宽绰，能够储存足以过冬的粮食和蔬菜。

范石器披着赵小花的长袄，脱下来的衣裳架在火堆旁烘烤。木柴一截一截燃烧，范石器听见赵小花的声音在耳边萦绕。四天前的元月十二，按照范石器的部署，赵小花和丁生金两人提前离开九连城，一路往西追查日谍的去向。那天夜里在红松冈，他们两人发现一支明军队伍形迹可疑，就一路跟踪。后来队伍坐下来歇息，赵小花和丁生金十分小心地靠近，继而攀爬上高大的红松，隐藏在松枝间暗自观察。起初也没有什么不对劲，那个名叫一条鞭的把总只是让手下生了两堆火，二三十人围在一起各自取暖。后来有两名负责外出刺探的手下回到一条鞭身边，一条鞭于是叫来阿香和芒果，叫他们画出从鸭绿江到九连城，然后又到红松冈这一路上的地形图，包括红松冈的大致面积，山上的植被分布，上山官道的坡度及宽度等。赵小花和丁生金两人屏息聆听，心中不免抽紧。直到后来他们听见阿香和芒果开口说出一段叽里呱啦的日语，一条鞭也频频点头时，两人终于断定，原来这支身披明军铠甲的队伍，果然是精心伪装的物见队日谍。

赵小花和丁生金曾经在战场上跟倭敌面对面厮杀，两人听闻过无数次日语。当时他们准备一直待在红松上，等到一条鞭他们离开后，就直奔九连城跟范石器会合，让定辽右卫出兵围剿这支队伍。

冷风在头顶呼啸，一条鞭他们歇息的时间竟然十分漫长。赵小花后来紧抱着落满积雪的红松树树干，感觉全身已经被冻僵。他试着稍微扭了扭脖子，也屏住呼吸小心翼翼按压了一下发麻的双腿。然而灾难就是在此时到来，赵小花突然听见脚下的松枝开始缓慢地呻吟，接着松枝裂开，咔嚓一声几乎折断，砸下很多雪。他整个人发怵，在胆战心惊中牢牢抱紧树干，又借助积雪落下的喧哗，如履薄冰般移步到另外一根松枝。但赵小花没有想到的是，就在自己移步的时候，藏在身上的一把弹弓竟然掉落，挂在了几乎折断的松枝上。而此时头顶又有一堆积雪落下，正好砸中了那根松枝，于是松枝摧枯拉朽、无可救药般彻底折断，掉落下去时响起一阵庞大的稀里哗啦声。

赵小花难以忘记，那天当一条鞭捡起掉落在地上的那把弹弓时，即刻抬头望向头顶那片白茫茫的红松林。然后一条鞭喊了一声：谁？赵小花脑子一片空白，茫然望向隐藏在另外一棵红松上的三哥丁生金。丁生金伸出一只手掌，示意他不要惊慌。时间开始凝滞，赵小花听见一条鞭勒令手下放箭，这时候丁生金眉头拧紧，对赵小花做了个手势，让他待在那里别动。接着丁生金对赵小花短暂地笑了一下，笑得很宁静，随即他就整个人跃出，像是受了惊吓的猴子，飞向远处一棵又一棵的红松。

范石器一直坐在火堆旁聆听。他仿佛看见四天前的红松冈上，一条鞭的人员闻风而动纷纷拔刀，黑压压一片朝着丁生金逃离的方向追赶了过去。

17

从定辽右卫营房接受盘问后回来，郑烟直在松花浴室休憩楼的一楼独自坐了很久。之前他是在自己的卧房里，被总旗官陈文仲从床榻上给叫醒，那时候陈文仲没有透露一个字，只是说郑掌柜，金副守备找你。郑烟直迷迷糊糊，觉得没怎么睡醒，脑袋很沉。他是在走到门口遇见一阵冷风时，才冷不丁清醒过来突然问了一句：我可以骑马吗？

对此陈文仲不置可否。郑烟直于是转身，牵上自己那匹蒙古马，马的名字叫沙漠。沙漠全身棕黄，但是额头处有一圈毛，色泽倒是如同玉石般洁白。

两刻钟后，在定辽右卫营房，当得知林白山暴毙的消息，郑烟直坐在审讯官对面很长时间没有反应过来。他感觉眼前冒出一股烟，好像林白山跟随那股烟轻飘飘地走了，从此以后不再跟他提借粮的事情。后来他抹了抹眼睛，他跟审讯官说，我真想跟林守备再下一盘棋。

陈集安和林依兰到来时，看见郑烟直一个人坐在雪地上发呆，身边趴着名叫沙漠的马，眼前插着一丛燃烧了一半的香。郑烟直说，点香是为了给林守备送行。他向林依兰伸出一只手，说，来，拉我一把，扶我起来。

在休憩楼的二楼书房，陈集安坐在林白山当初下棋的位置，看见几颗黑白棋子，依旧陷落在松木板夹缝的中间。窗户被郑烟直打开，冷风阵阵，这也让陈集安发觉，从这个位置以及楼下休憩区修脚房的位置望出去，不远处挂着招牌的浴池门楼，在傍晚时分应该能望得十分清晰。也就是说，前线信使那时候在门楼下交给林白山的加急羽书，对一楼和二楼的许多浴客来说，那一幕都能尽收眼底。

烧水壶在火炉上滋滋作响，陈集安掏出那把从红松冈雪堆中刨出来的苦无，请郑烟直帮助翻译刻在刀面上的日文。郑烟直愣了一下，似乎担心自己离开朝鲜司译院这么多年，对日文的记忆已经少得可怜。那排闪亮的日文字体细小，镌刻得密密麻麻。

郑烟直一字一句翻译，翻译出来的汉语是："东边的太阳吞没朝霞，大明王朝的绵羊遍体金黄。"

陈集安在心底里默念着这句话，渐渐体察到大海以东的倭敌觊觎明朝的野心，在倭寇的眼里，明朝是唾手可得的绵羊。后来他看见郑烟直将刀面翻转，很长时间盯着刻在上面的一朵花，以及花瓣下面的另外一行日文。郑烟直说，这是金达莱花，来自朝鲜。陈集安说这几个日文是什么意思？郑烟直说应该是刀子主人的名字，这人是叫阿尾俊秀。他还说阿尾这个姓氏，来自日本战国时期的尾张国，那是几年前已经作古的织田信长的家乡。织田信长曾经是威震四方的日本大名，提出"天下布武"的纲领，统一了一大半的日本领土。织田的两个部将和盟友，分别是丰臣秀吉和德川家康。

林依兰很长时间望向窗外，盯着不远处升腾的雾霭。雾霭来自露天温泉浴池，池水在凌晨到来之前，蒸腾出密集的水汽。这时候郑烟直看了她一眼，郑烟直说，林守备出了这样的事情，你别因为悲伤乱了胎气。

陈集安听见自己紊乱的心跳。他没有转头去看林依兰，却感觉此刻林依兰的眼光，可能正飘落在他肩头。后来他问郑烟直，这天傍晚时分，浴池里有没有来自日本的客人？郑烟直笑了。郑烟直问，日本人的脸上是不是会刻着一排日文？

陈集安沉默。他想，此刻阿尾俊秀可能就在当归客栈，也或者，几个时辰之前，这人就在楼下修脚，但他现在不知道这人是谁。

18

地窖中的火堆渐渐熄灭，范石器从一场短暂的瞌睡中醒来。他望着那些飘飞的灰烬，跟赵小花说自己见到了丁生金的头颅，被扔在红松冈的悬崖底。

赵小花怔住，关于丁生金被割头，割头以后被一条鞭扔在地上当球踢，这些他原本并不想跟范石器提起。现在他又忍不住想起，丁生金后来是被一条鞭残忍地碎尸，碎尸以后撒了一把盐，做成了人肉烧烤……赵小花泣不成声，他知道当初要不是丁生金救了他，被割下头颅的人就是他自己。但他现在跟范石器说，后来我将三哥断了头的尸体给埋了，就埋在那片红松林里。

那天一条鞭带队离开红松冈前往云城时，天色已经露出曙光。赵小花后来从树上爬下，整个人浑浑噩噩像是游荡的魂。他努力不让自己跌倒，过了很久才朝着九连城方向奔去。然而在九连城，赵小花并没有见到等待他会合的范石器。事实上，在他疯子一般奔下红松冈时，路上刚好跟上山的范石器错过。范石器有段时间并没有走官道，走的是林间小道。

赵小花在九连城考虑了很久，认为自己只能留下，一是为了等待跟范石器相遇，二是一条鞭从云城折返去朝鲜，九连城是必经之地，他需要掌握一条鞭的最终动向。在九连城，赵小花遇见一群从云城过来乞讨的难民。为了不让难民认出，造成不必要的障碍，他在元宝街买了一片羊皮面具，接着就去当归客栈谋了一份店小二的差事。他跟牡丹解释，自己的脸是被大火烧伤，烧得面目狰狞，戴了面具是迫不得已。

但是赵小花没有想到，这天他再次见到大哥范石器时，范石器戴着沉重的枷锁，而且身边除了陈集安，竟然还有杀死丁生金的一条鞭，所有的一切都让他百思不得其解。

现在赵小花听见范石器问他，知不知道陈集安在哪里？赵小花说二哥被送去了监狱，是被两匹马给拖走的，当时林依兰也在场。他说现在唯一的办法，就是带上李如松总兵的手谕，去把这一切跟金人杰当面说清楚。

范石器套上烘干的衣裳说，有没有办法劫狱？而且要赶在天亮之前，也就是在一条鞭离开九连城之前。赵小花止不住诧异，但他听见范石器又说，李总兵的手谕是在陈集安手里。

19

松花浴池，郑烟直起身望向陈集安，说，你可以走了，趁着天还没亮，你得赶紧离开九连城。陈集安没有听明白，郑烟直就望向窗外说，金副守备不会放过你，你留在这里就是等死。

陈集安笑了，他说死有什么了不起？我有两个兄弟死了，现在林守备也死了，他们的死都是因为倭寇。这时候郑烟直问他，安巡检觉得这一切值得吗？陈集安说值得，还说郑掌柜我给你讲一个故事，我大哥范石器曾经养过一条狗。那天在云城，狗犯下一次无心的错误，结果它为了向我大哥报恩，在审讯室里义无反顾扑向了一条鞭，它撞在墙上，当场就脑浆迸裂。

陈集安说郑掌柜，如果我现在离开九连城，那我岂不是连狗都不如？

郑烟直无言以对。他想，中国人的很多事情他都不懂。想到这里郑烟直找来一把梯子，搭上书房的阁楼。他步履蹒跚踩上梯子，小心翼翼登上阁楼，最后摇晃着踩下楼梯时，将一份包在一起的红枣和薏米送到林依兰的手里。郑烟直说林依兰你不要熬夜，红枣薏米粥补血。他还说林守备最近有件事情很不开心，因为金人杰的父亲金天赐上个月派人给林守备送来一封信，信中说前线战事打得很惨，如果朝廷需要定辽右卫派出援军，金天赐希望带队的人不是自己的儿子金人杰。

陈集安和林依兰走在回去的路上，两个人谁也没有开口。夜色在雪地上飘浮。此时林依兰走了一半突然停下，因为她感觉暗夜中再次出现一双飘荡的目光，正从某个角落向她凝望。林依兰在不安中回头，遇见的只有陈集安的目光。陈集安显然是察觉到了她的慌乱，所以他说不要胡思乱想，凶手不是郑烟直。

林依兰愣住，想不通陈集安为什么会突然说出这么一句，陈集安于是解释：林守备中刀以后是被人从对面的屋顶踢下，说明凶手身手不凡，在落满积雪的屋顶也是如履平地。陈集安说刚才郑烟直上阁楼，踩上楼梯时步态不稳，身子有点晃。

林依兰说你在观察郑烟直，你在怀疑他？陈集安回答，我也不知道。

远处，九连城灯如繁星。陈集安望向灯火，才猛然想起了范石器。他答应过要跟范石器在城外会合，可是他现在怎么可能出城？今夜的九连城似乎跟昨晚的云城一模一样，仅仅是过了一个夜晚，一切就变得恍如隔世。

20

九连城监狱一直有一种发霉的味道，在清晨到来之前，这里除了冰冷，剩下的就是阴森与寂静，容易让人想起旷野中的坟场。夜色已然变淡，监狱门口站着两名值守的狱卒。狱卒很冷，为了取暖，他们张嘴朝裸露的手掌不停哈出一股热气，同时脚步又在雪地上拼命踩踏。

远处出现一个模糊的身影，狱卒喊了一声：谁？那人脚踩雪地慢慢靠近，手里提着一只菜篮。篮子举高，那人说两位官爷辛苦，在下是当归客栈店小二元凤。还说客栈老板娘刚为女儿办了一场百日宴，特意给官爷送上一份夜宵。

九连城无人不知当归客栈，也无人不知客栈老板娘是叫牡丹。狱卒只是惊奇，这位新来的小二竟然戴了一片羊皮面具。

篮子里的食盒打开，呈现出香喷喷的鲜肉水饺。赵小花蹲在地上给狱卒送去筷子时，见到远处高耸的围墙下，赶路的范石器轻手轻脚猫着腰身，已经十分顺利地潜入了监狱的门楼。狱卒抱着食盒狼吞虎咽，整个脑袋热气腾腾，这时候赵小花就看见范石器的背影慢慢消失，好像门楼底下什么也没有发生过。

差不多是两刻钟以后，金人杰所带领的队伍，在回去营房的路上将陈集安堵住。林依兰看见许多匹马，转眼将陈集安围在了中间。金人杰让自己的马上前，他在马背上望着陈集安说，告诉你一个不好的消息，我刚刚去了一趟当归客栈，老板娘牡丹告诉我，林守备遇害时，一条鞭和他的手下都在客栈里喝酒。

陈集安笑了，果真是这样吗？

这时候陈文仲的马从另外一个方向赶到，陈文仲说鞭把总和他手下总共三十二人，林守备出事时，其中有四人不在客栈，另外二十八人全都在喝酒。

那四个人去了哪里？

陈文仲让胯下的马上前一步，他盯着陈集安不紧不慢回答，事发时那四人去了财神庙胡同赌骰子。龙凤赌馆的老板刚才已经为他们作证。

你还有什么新鲜的花样需要我们对质？马背上的金人杰抬头看了一下天，说天光就要亮了，但愿安巡检还记得自己的诺言。

陈集安点头，点头时依稀看见一团模糊的光，将他周身隐隐照亮。林依兰也见到了那团光，是天边涌来的曙光，曙光被九连城的雾霭重重包裹，一时之间似乎还难以挣脱。

陈集安说金副守备既然查清案情，觉得凶杀案跟一条鞭无关，那我现在就过去城门口等候。等你在天亮了以后将我砍头问斩。

21

辰初三刻，九连城的天光已经十分明亮。一条鞭在明亮的客栈里眨巴了一下眼睛，开始催促手下去马厩里牵马，套上粮草车后赶紧准备出发。这时候牡丹从菜场里回来，牡丹抱起女儿说，她刚才带了伙头师傅去买菜，听见许多人传言，金人杰要在城门前把陈集安当众给办了，想去看热闹的人有很多。一条鞭问，给办了是什么意思？牡丹说，办了就是斩头。

一条鞭展露出喜悦的笑容，他说当众斩头好，当众斩头挺热闹。然后他盯着牡丹依依不舍，说，我可能会想你的。

陈集安就要被砍头了，此刻他在城门附近的一口井里打出一桶水。井水清澈而且透明，透明到几乎让他心碎。他想砍头并不要紧，要紧的是让金人杰明白，他不怕死，就怕金人杰不相信一条鞭是倭寇。后来陈集安将整个脑袋埋进水桶，让井水一直盖过自己的脖子。他先是洗头，头洗完了再洗脖子。然后他整个脑袋哗啦一声钻出水桶，甩出许多飞扬的水花。

陈集安狠狠吸了一口新鲜的空气，这时候他才发现，林依兰正站在他身边。

水花溅在林依兰的身上，林依兰说陈集安你能不能不要这么幼稚？你以为你把脑袋砍下，就能换来金人杰的清醒？

问题是我跟金人杰争来争去，他会更加不清醒，他总以为我是他的敌人。陈集安又说，可惜时间太短，既然我无法向金人杰证明，那就用我的脑袋来证明。

风在林依兰身上吹来吹去，林依兰觉得世上的男人怎么都是不可理喻？郑烟直就是在此时赶到这里，他给陈集安带来一壶酒。

陈集安的头发还在滴水，他喝了一口酒，觉得真是一壶好酒。他听见郑烟直说，我来给你饯行，但是你跟我说实话，难道你现在就一点也没有后悔？

陈集安并没有回答，继续喝酒，好像一直喝酒就不用考虑后不后悔。后来郑烟直问，安巡检能不能告诉我，你们之前养的那条狗是叫什么名字？

陈集安忍不住笑了，喷出含在嘴里的一口酒。陈集安说，我那条狗名叫丹东。仙丹的丹，东方的东。

郑烟直于是抬头望向东方，那里有他的家乡。他说我忽然有个想法，以后要让我那匹马也叫丹东。陈集安说你那匹马原来叫什么名字？郑烟直说，它现在叫沙漠，因为你们中国人有句古诗，叫长河落日圆，大漠孤烟直，所以我也叫郑烟直。

此时陈集安已经将酒壶里的酒喝完。他在心里默念了一次那句古诗，于是说，郑掌柜能不能这样，你的马以后就叫二丹东？这样我们不会把马和狗搞混。郑烟直冷不丁笑了，他提起喝空的酒壶，挂在手里不停地晃荡。他觉得二丹东听起来也不错，好像他的马和陈集安的狗俨然是一对兄弟。

但是郑烟直想了想说，陈集安你死到临头，居然还这么爱讲笑话，早知道这样，当初我应该跟你下一盘围棋。

22

辰正一刻，原本明亮的九连城开始出现一丝阴霾，一条鞭的粮草队伍也就是在此时出发，沿着笔直的元宝街，浩浩荡荡向城门口涌去。几十辆粮车在马匹的牵引下，一再碾压泥泞的雪，厚重的车轱辘是由坚实的桦木或是柞木所制成，它们在元宝街上势不可挡地经过，跟层层推进的马蹄声一起，引发一场洪水般的轰鸣。

一条鞭挥动马鞭，急着想要目睹陈集安的斩首。然而一条鞭并不知道，此时站在城门口的陈集安，其实正在等待他的到来。

远远地，陈集安见到了马背上耀武扬威的一条鞭。他最后看了一眼那个男人，就径自走向金人杰的身边。陈集安说金副守备，我已经把脖子洗干净，如果你认为我是凶手，现在就可以取走我的人头。

金人杰有很长一段时间没有吭声。他最后咳嗽了一声说，安巡检你知道吗？你这人最大的缺点就是太过骄傲。骄傲让你狂妄。

陈集安说现在不是讨论骄傲的时候，我只是有一事相求，当我人头落地后，请求金副守备不要将城门打开，仔细查一查一条鞭。

金人杰在马背上抖了抖身子，说，话还真多。

陈集安把头低下，将裸露出来的脖子亮在了金人杰眼前。此时陈文仲就站在陈集安身边，他看了一眼陈集安很是干净的脖子，迫不及待就将刀子拔出。陈文仲说安巡检，斩首之前你应该跪下。陈集安就单膝跪地。陈集安说，动刀吧，干脆一点。

此时一条鞭的马驻足在不远处。一条鞭在马背上仔细看着这一幕，他奇怪陈文仲为何不赶紧出刀，因为他急着想要见到一个鲜血淋漓的陈集安，脑袋与脖子离别后的陈集安。一条鞭又在马背上挺直身子，他迫不及待喊了一声快点啊，声音越过看热闹的人群，人群熙熙攘攘。

陈文仲看了一眼金人杰，等待他发号施令。

金人杰在踌躇，他的目光并没有望向陈文仲，而是望向站在观望人群中的林依兰。他看见林依兰就那样望着他，目光虚空得一塌糊涂，显得遥远并且陌生。金人杰于是转头，朝另外一个方向的城门官许大拿勾了勾手指，完了他看了陈文仲一眼，说今天天气不错，可能会出太阳。

23

万历二十一年元月十七，辽东云城县巡检司巡检陈集安，被高高地吊挂上了九连城的城头。陈集安的身子悬挂在空中来回摇晃，于是他眼里的整座九连城也跟着一起摇晃。

在此之前，按照金人杰的吩咐，九连城城门官许大拿在两名兵勇的帮助下将陈集安五花大绑，继而又推上了城墙头。接着他们手忙脚乱，借助一根粗壮的绳索，提心吊胆地将陈集安吊挂上城墙垛上的旗杆。那根旗杆油漆剥落饱经风霜，在开始承受陈集安的重量时就吱吱作响左右摇摆。最终许大拿将抓在手里的陈集安小心翼翼放开，因为不堪重负，旗杆就猛地把头垂下。那一刻旗杆像是钓住一条大鱼的鱼竿，它勉为其难地牵引着陈集安，让他整个人吊挂在空中忽左忽右摇摆，于是在一众看热闹人群的视线中，陈集安像一条离开水面后挣扎在空中，正要被鱼竿收往岸边的鱼。

许大拿就此吓出一身冷汗，他有很长一段时间都在担心，担心不争气的旗杆会突然断裂，那样陈集安就会坠落在城门前的砖地上当场摔死。许大拿在意的当然不是陈集安的生死，而是要尽量让他的金人杰金副守备挣回足够的面子。刚才金副守备说了，把陈集安挂上城头晒太阳。他知道金副守备之所以安排了这么一出，目的是让陈集安在大庭广众面前出出丑，但是如果陈集安很快就摔死，那么这出戏的观赏效果就会大打折扣。既然陈集安是凶手，又在很多地方得罪了金副守备，那这场用心别致的惩处就不能半途而废。

此刻陈集安被悬挂在空中，犹如挂在一场混乱的梦中。他觉得身子很轻，像是无可依附的云。牵引他的绳索将他摇晃到左边，他望向云城的方向，看到的是白雪皑皑的红松冈，红松冈上许多风，漫不经心地从树梢上经过。然后绳索停止晃荡，犹豫了一阵又将他整个人扯回，慢条斯理地带去了右边。他佝偻着身子，听见脚底观望的人群发出一片惊恐的叫喊，声音在他耳边移动，从左到右荡漾，像是深水中升腾起来的回响。

陈集安望向脚底，看见观望的人群拥拥挤挤，他们昂着脖子凝望，一个个身形如同倒立的酒盏。他试图在紧张的人群中分辨出哪个才是林依兰，却见到所有的脸扁平而且模糊，看上去都是同一个模样。

空中的陈集安头晕目眩，感觉身上的绳索勒得越来越紧，疼痛和疲倦将他包围，他不知道要在这样的空中待上多久。这时候他望见一片飘荡的雪花，的确只有那么一片，是从遥远的天边赶来，渐渐飞进他蒙眬的视线。雪花落到头顶时姿态缠绵，只是在陈集安眼里一闪，忽然就不见了踪影。后来陈集安感觉到眉心间一股淡淡的清凉，才意识到落下来的雪花可能是被他的眉毛所阻挡。接着那股清凉又慢慢散开，陈集安于是知道，那是雪花开始融化，融化成一滴水，正沿着他倾斜的鼻梁缓缓滑落。

一条鞭是以一种仰望的姿态欣赏着挂在空中的陈集安，他想，这是不是叫做命悬一线？虽然他没有目睹陈集安尸首分离，但是此刻在他眼中，命悬一线的陈集安差不多只有马的屁股那么大。陈集安破衣烂衫，风很轻易地从他胸口钻过，简直就是畅通无阻。一条鞭舍不得丢下这动人的一幕，决定一次看个够。他坐在马背上孜孜不倦观赏，心想也没必要急着出城。这时候他也见到了落下来的雪花，是从高挂空中的陈集安身边纷纷飘落，不是一片两片，而是渐渐密集起来的许多片。一条鞭觉得应该走了，于是策马冲到金人杰身边，让他赶紧把城门打开。一条鞭说，他娘的我差点忘了，粮草必须尽快送到前线。

林依兰这辈子都无法忘记，这天当许大拿将沉重的城门打开时，密密匝匝的观望人群中突然冲出一匹马，冲向陈集安脚底的方向。与此同时，另外一个方向又忽然射出一支箭，穿越过天际，十分准确地将吊挂陈集安的绳索给射穿。人群喧哗，惊叫声响成一片。林依兰几乎心跳停止，看见陈集安直接从空中坠落，无比迅速，但是陈集安即将到达地面时，却又非常精准地被等候在地上的那匹马给接住。林依兰听见周遭一片安静，安静得像一块石头，但是人群过了一阵就从惊讶中猛地苏醒，顷刻间响起雷鸣般的欢呼。

林依兰喜极而泣，确定策马接住陈集安的人是范石器。现在她见到陈集安已经稳稳地坐在马背上，跟他兄弟范石器齐头并肩。

枣红马驮着陈集安跟范石器慢条斯理转了一圈，这时候惊魂未定的陈集安很快看见，有人左手提弓右手抓箭，正携带着一股风朝他奔来。

陈集安不会看错，那是赵小花。他相信刚才就是赵小花射出了那支利箭。

赵小花奔到枣红马跟前，说，二哥我来了，二哥我没有死。

一场大雪就是在此时到来，雪纷纷扬扬，让远离人群的金人杰多少显得有点忧伤。此刻金人杰无法相信，他所熟悉的云城三兄弟，竟然在九连城的城门口奇迹一般地会合。他不会忘记赵小花，当初自己去云城提亲，故意指引他前往云城土地庙的那个家伙。金人杰望着陈集安身后已然洞开的城门，犹如向他敞开的伤口，他心情沮丧到了极点，质问陈文仲你是瞎了还是死了，还不快把他们几个给我拿下？

陈文仲如梦初醒，即刻带人朝城门奔去。他知道要是再晚一步，陈集安和范石器他们就会冲出城门从此在九连城消失。果然，此时三个男人如入无人之境，正堂而皇之地向城门口冲去。陈文仲喊了一声站住，声音被喧闹的人群吞没。然而他没有想到的是，那三个男人在到达城门口时竟然没有离去的意思，他们反而在城门前一字排开，将一条鞭粮草队伍走在最前面的一匹马给堵住。

带头的运粮马突然被堵在了道路中间，后面的粮车也纷纷停下。一条鞭见此，挥动马鞭冲上，怒不可遏喊了一声让开。此时陈集安却不慌不忙，干脆在城门前的道路中央坐下，他坐下的时候盘腿，又将那把云南斩马刀竖立在两腿的中间。

陈集安说请鞭把总连人带马留下！

更多的雪落下，落在陈集安身上。陈集安的身边还站着范石器和赵小花，两人提刀，纹丝不动站着，像是两具推不走的高大的石雕。一条鞭下马，抽出柳叶刀时转身朝金人杰喊了一句：金副守备，他妈的九连城到底还有没有王法？金人杰顿时也失去了主张，所有这一切都太过出乎他意料。他在马背上踌躇，大量落下来的雪花更是让他心情烦乱，此时他用求助的眼神望向林依兰，却看见林依兰抽出身边一名兵勇身上的刀。林依兰走去粮草队中间，在一辆粮车前停下，唰的一声就将牵引粮车的绳索给切断。接着林依兰将刀子扔出，扔在了运粮马的马蹄跟前，然后她头也不回地转身，在人群的观望下笔直走去回家的方向，只留给金人杰一个毅然决然的背影。

人群给林依兰让出一条宽阔的道，下马的金人杰也走去了一条鞭的身边。金人杰的手很无奈地搭上一条鞭的肩膀，他说九连城的雪要么不下，要下就是劈头盖脸，鞭把总要不这样，你再多陪我一天，等到明天雪停了再走。

一条鞭把金人杰的手臂甩开，他骂了一句：金副守备是不是在跟我说笑话？金人杰于是果真就笑了一下，只是笑得不够自然。他望向远处那些看热闹还没看够的人，心想这些人真是闲得蛋疼，怎么还不愿意散去？他说鞭把总知不知道，在那些看热闹的人眼里，我更是九连城的一个笑话。

一条鞭说金副守备，今天谁想拦住我，谁就是跟东征军作对。但他看见金人杰愣在那里摇了摇头，金人杰不无忧伤地说，鞭把总有没有兴趣留下来陪我喝酒？你说这样一个大雪封城的清早，我怎么突然就很想喝酒？

一条鞭的脸不停地抽搐，心想喝你个乌龟王八酒。然而此时他见到金人杰朝许大拿挥了挥手，于是陈集安身后的城门就再次被人关上，沉重的声音显得不容商量。

这天在城门关上之前，城外许多等候进城的人已经纷纷涌入。一条鞭望向紧闭的城门眼里喷火，并没有注意到此时有一匹瘸腿的骆驼正从他身边经过。骆驼一瘸一拐踩乱一团雪，溅起来的雪泥横七竖八掉落在一条鞭的靴子上。一条鞭非常恼火，咒骂出一句是不是瞎了狗眼，然而骆驼的主人很不当回事，轻描淡写回头看了他一眼。主人说，这是骆驼，它长的并不是狗眼。

24

牡丹正在四处寻找店小二元凤，却见到一条鞭阴沉着一张脸回到当归客栈。牡丹心里咯噔了一下，把抱在怀里的朵朵重新塞回到摇篮。牡丹说鞭把总是不是有什么东西遗忘在了客栈？一条鞭没有心情回答，牡丹当然也很快看见，此时那支漫长的粮草队伍已经再次出现在门口，仿佛大雪压境，顷刻间又将她视线给挤满。

后来一条鞭把自己关在房里，他在认真考虑，自己的漏洞到底是出在哪里。城门前发生的一切告诉他，自己显然已经被陈集安给盯上。他想来想去，认为身份暴露的原因可能会有很多，但是考虑到那个刚刚出现的赵小花，他估计这人是跟明朝的锦衣卫有关。

许多天前，困守在平壤城的一条鞭饥肠辘辘，只能躺在四处透风的营房里反复吞咽口水。事实上，因为漂洋过海跨越千山万水，远赴朝鲜征战的日军队伍在后勤供应上也出现了很大的问题。由于粮草极度匮乏，倭军许多官兵嘴唇发白面色饥黄，已经连续咀嚼了很多天的茅草。那天下午一条鞭接到一个指令，让他带上一队物见队成员离开平壤前去明朝，完成上峰下达的一项情报窃取任务。一条鞭套上青灰色的粗布衣裳，又穿上比较肮脏的白色棉裤，他把自己伪装成面目委顿的朝鲜难民，系紧裤带正要带队出发时，负责安排此次任务的将军让他过去一趟。

帐房里燃烧着一团炉火，暖流频频荡漾，让一条鞭冻僵的思绪开始变得活络。将军从炉火的烤架上给他递来一串芳香的烤肉，跟他说此番出行一定要多带一个心眼。将军说根据各方面情报汇总，明朝锦衣卫暗桩不仅遍布朝鲜各地，还潜伏进了日本萨摩藩，甚至是关白丰臣秀吉所在的名古屋城。

一条鞭举着炙热的烤肉暂时还不敢咬。他知道将军是在提醒他，此番物见队出行的意图和行踪，明军可能多多少少早就闻听了风声。他就此揣摩了一阵，听见将军又说你不吃烤肉，怎么知道它的味道有多美？于是一条鞭急忙将烤肉塞进嘴中，又细嚼慢咽吞进了肚里。此时将军笑眯眯问他，说句实话，味道如何？一条鞭回答，如果不是将军垂爱，在下可能都忘记了肉的味道。

将军笑了，又给一条鞭递来一串烤肉，将军说喜欢吃就多吃一点，咱们这里的肉很多，有的是。将军翻转着烤架上鲜红的肉块，十分仔细地撒上一些盐，他说你知道这些肉是从哪里来的吗？一条鞭在啃肉的时候陷入茫然，他看见将军挥手，散去烤架上的浓烟，在嚼碎一口烤肉后说，肉都是敌人给我们送来的。你有没有看见外面雪地上那么多明军的尸体，他们堆在一起烂了可惜，我们要是不吃，自然就留给了老鹰去吃。

一条鞭张开的嘴巴很长时间没有合上，他盯着流油的烤肉，看见将军吃肉依旧是吃得那样津津有味，于是他狠下一条心将第二串烤肉送进嘴里，接着又十分耐心地咬碎后吞下。一条鞭说，这样的烤肉越吃越有劲道，它会令人难以忘怀。

这时候将军站在烤肉架前的一片烟气缭绕中。将军说此番要你们窃取的情报，是他们明朝边境县城的舆图。吃完了烤肉快去快回，沿途注意防范他们的锦衣卫。

一条鞭想到这里，更加觉得刚才在城门前冒出来的赵小花是跟锦衣卫有关。但他认为事情还没有那么糟糕，起码自己并没有在金人杰面前暴露，不然定辽右卫的那些兵勇，早就已经向他开刀。所以一条鞭告诉自己，关于舆图和粮草，他需要更加周密地计划，比如要学会取舍。

雪依旧在下，牡丹抱着朵朵回到睡房时，听见门板吱呀一声被推开。此时她不用回头也知道，进房的人应该是一条鞭。很快，她感觉有一双手向自己伸来，继而从身后将她拦腰抱住，随后又像扔出一床被子一样，将她胡乱扔到了床上。

牡丹想躲开，此时一条鞭的双手已经在她身上缓缓行走，行走的路线比较曲折，仿佛在她身上寻找什么。一条鞭在寻找的时候不加思索地说，替我去找到一匹瘸腿的骆驼，看看它此刻是在九连城的哪家客栈。

牡丹躺在床上剧烈地咳嗽。牡丹说鞭把总这么压着我，你让我用哪条腿去帮你寻找骆驼？

一条鞭陷入沉思，沉思的时候说，记住了，是今天上午刚刚进城的，一匹瘸腿的骆驼。

25

郑烟直到达当归客栈时，使劲抖落身上的雪。他戴了一顶来自家乡朝鲜的黑纱圆笠，看上去像是长途跋涉的异乡人。笠檐四周聚集了很多雪，郑烟直用力甩了甩，感觉眼前这场雪起码会延续上一天。

厅堂里汇集了一条鞭的很多手下，正围着漆成大红颜色的鸡翅木圆桌扔骰子，骰子在碗里转来转去，周遭一片人声鼎沸。郑烟直提着斗笠独自走去二楼，踩上楼梯时看见楼梯板缝隙里静悄悄钻出一只赤色的蟑螂。油滑的蟑螂全身发亮，见到郑烟直时缩头缩脑，仿佛跟他十分熟悉又对他无比礼貌，所以很自觉地躲到一旁，楼梯上更多的空间让给他。

郑烟直熟门熟路，很快出现在牡丹睡房外。他看见两扇门板虽然闭合，但却不够严丝合缝，里头泄露出来的，是白天时光里不应该出现的烛光。烛光缱绻，郑烟直正想敲门时，两根勾起的手指却停在了空中。此时他听到一阵隐隐约约的喘息，声音熟悉又陌生，来自牡丹的喉咙底。

后来郑烟直一直站在门外看雪。他看见一阵风经过后，有几片钻进廊檐的雪飘落到了睡房门板的两片雕花上。雕花雕得很随意，郑烟直曾经就此提醒过牡丹，埋怨九连城这雕花木匠简直是乱来一通，雕出来的牡丹花其实是看上去很像牡丹的芍药花。牡丹那时候还有孕在身，她挺着大肚子看了很久，感觉看不出有什么区别。郑烟直就直接告诉她，其实区别在于芍药花便宜，牡丹花则是富贵又高档。

现在郑烟直继续观望当归客栈前赴后继的雪，也没有要离开的意思。他在手里把玩着一串精巧的手串，手串是用银镯子串联而成，串了几颗黑白的围棋。棋子白的三枚，黑的也是三枚，郑烟直反复抚摸，抚摸的时候想把牡丹睡房里传出来的声音统统忘在脑后。他看见落下来的雪花更加豪华，就快有花瓣那么大，于是想起陈集安之前给他看的那把苦无，苦无上镌刻着一朵金达莱花。郑烟直之前在朝鲜就读司译院，司译院位于一片山脚下，到了春天就开满了红粉相间的金达莱，很是娇艳。郑烟直也是在司译院时期学会了下棋，每当深夜来临，窗外金达莱飘香，宿房里头响起的，则是啪哒啪哒的围棋落子声。那时候郑烟直十分年青，年青得让人羡慕。金达莱的香味飘进房里，跟他对弈的汉语老师坐他对面深吸一口气，几乎在花香里迷醉。老师说，汉语里有很多东西跟我们不同，在中国，他们把金达莱叫做映山红。

郑烟直把脑子里可以想的东西都想了一遍，身后的睡房门还是没有打开。于是他让视线飘远，望向楼下不远处的马厩。他看见马厩外正有人捧去一堆干草喂马，喂的是一匹很威武的军马。那人披了一身宽大的棉袄，喂马的样子看上去十分认真。郑烟直想，那会是谁的马？

身后的门板十分果断地打开，郑烟直这时终于听见有人离开。他望向雪花时抚摸冰凉的围棋手串，直到那人的步伐心满意足走出一段路，他才稍微侧转身，然后用眼角的余光仔细瞟了一眼那个人的半张脸。郑烟直似乎闻到一种古怪的气息，那种气息好像有什么东西正在腐烂，也或者更直接一点，那是死亡和尸体的气息。

一条鞭当然也注意到了郑烟直的存在，他在踩下楼梯的时候想，这人是谁？为什么会一直等在门口？后来一条鞭在客栈厅堂里坐下，坐下时注意聆听头顶楼板的动静。他认为那人后来是进入了牡丹的睡房，脚步有点犹疑。时间过了很久，一条鞭再也没有听见任何声音。后来牡丹抱着女儿独自下楼，一条鞭发现她女儿朵朵的右手上，好像多出了一串黑白围棋做成的手串。一条鞭就此仔细回想，确定朵朵的手上原本并没有这么一副手串。后来他坐在厅堂里一直等，竟然始终没有见到那个男人下楼。一条鞭想，这事情真是有点奇怪，难道那人是钻进哪块地板，突然之间跟钻进去的水一样消失了？

26

城门前的人群早已经退去，雪地上只留下陈集安兄弟三人。陈集安抖了抖破烂的衣裳，又望向范石器那张污浊的脸，他觉得两人落魄的样子，还比不上流浪在街头的狗。陈集安拍了拍赵小花的肩膀，问他在九连城这么多天，有没有泡过温泉浴池？

松花浴池的露天温泉在天空下敞开，陈集安首先踩入池水，即刻被脚底升腾起的暖流所包围。温泉在九连城被称为圣水。据说在千年之前，当唐太宗李世民亲临辽东时，就对池中不断冒涌的温水流连忘返，浸泡在其间赞不绝口。

陈集安背靠池沿，池边是厚厚的积雪，空中又落下来密集的雪花。他看见雪花在蒸腾的热气中纷纷飞舞，遇见池水的那一刻又身子一缩，很快便消失了踪影。

赵小花让人送来酒菜，还有九连城人在冬天里喜欢吃的冻梨。他在端起酒杯的时候，想将丁生金遇害前的那段往事说给陈集安听，但是陈集安说，我跟大哥一起见到了三弟的头颅。赵小花将杯中的酒喝光，他又特意说了一遍，说丁生金的尸体被他埋在了红松冈，但愿以后还能找到。陈集安就再也没有开口，过了一阵子让身子沉下，直到整个人在池水中沉没。

耳边响起混沌的寂静，陈集安将眼睛闭上。关于丁生金被埋在红松冈，他知道那是赵小花刻意编的，但这样的谎言他一辈子都不会去拆穿，特别是在范石器面前。想到这里他从水面中浮出，他问范石器，之前有没有留意过，一条鞭的粮草队总共有多少人？

包括一条鞭在内，总共是三十三人。

你能不能确定？陈集安说，金人杰和陈文仲给出的结果，是粮草队总共三十二人，正好比你说出的少了一人。

郑烟直就在这时向他们走来。郑烟直迎着风雪，几片雪花落上他的眉毛。他说自己刚才去了一趟当归客栈，见到一个在马厩里喂马的人披了一件宽大的棉袄，那人不是客栈的伙计，更不是九连城本地人。陈集安知道那是一条鞭的马夫，马夫披着那件棉袄像是披了一床被子。他说郑掌柜你想说什么？郑烟直就说，如果没有记错，这人昨天傍晚就在浴池里泡澡，他独来独往一个人，后来躺在西边靠窗的位置喝茶。

仅仅是在一刻钟以后，陈文仲就在定辽右卫营房里见到了迎面赶来的陈集安和范石器。陈文仲发现陈集安和范石器已经换上一套干净而且保暖的衣裳，衣裳很合体，有着阳光翻晒过的气息。

陈文仲说，你们两个冤家还嫌麻烦不够多？有多远走多远。

陈集安说，去把金人杰给叫来。

陈文仲却很干脆地摇头，说金副守备不在。陈集安说你要是再敢撒谎，信不信我把你的嘴皮给缝上？陈文仲这回干脆就懒得摇头，他说嘴皮缝上也没用，不在就是不在。

陈集安抬腿一脚将他踢翻。陈集安说，一条鞭的粮草队总共三十三人，你个王八蛋数人头的时候漏了他的马夫。马夫穿戴的不是明军铠甲，而是披了一件大棉袄。

那又能怎么样？陈文仲起身时拍了拍屁股。

陈集安揪住他耳朵，说我再说一遍，去把金人杰给我叫来，马夫就是杀害林守备的凶手！

陈文仲这回真的生气了，因为金人杰的确不在，金人杰不见了。

差不多在半个时辰前，回到营房的金人杰一个人独自喝酒，喝完了酒又十分潦草地收拾行囊，很像一副要出远门的样子。陈文仲问他金副守备要去哪里，金人杰牵出自己的马说，我为什么要告诉你？

金人杰喝了很多酒，抬手扇了扇陈文仲的脸，他说你能不能跟我说实话，我在九连城是不是很丢脸？陈文仲当然能够理解金人杰的意思，他愣在那里不敢吭声。那时候金人杰已经上马。金人杰喷出一股酒气道，陈文仲你很不稳重，你不吭声其实就是在告诉我，我老婆心里有别的男人，现在九连城的所有人都知道，我在她眼里就是一团豆腐渣。

金人杰絮絮叨叨。他说我要是还待在九连城，就是一个天大的笑话。

陈文仲还没来得及阻拦，就看见那匹马已经冲出，于是金人杰在马背上提着行囊的身影，也很快就在他眼里消失。

27

　　蓝月亮客栈位于宝石胡同以西，附近是烟气缭绕木鱼声声的圣水庙。这天差不多在吃午饭的时间里，店里迎来了一位陌生的客人。客人风尘仆仆，自称名叫秦望，是刚从隔壁的凤凰城过来。秦望牵了一匹瘸腿的骆驼，同时还抱了一只毛色鲜艳的公鸡，公鸡在他暖意融融的怀里缩头缩脑眼睛微闭，似乎在抱怨它眼下这场瞌睡正在不停被打扰。

　　入住以后，秦望站在二楼客房过道里兴致勃勃看雪。他看雪看得很入迷，好像九连城的每一片雪对他来说都是十分熟悉。睡醒的公鸡在他前后左右闲逛，逛了一段时间决定要跳上栏杆，接着它站在栏杆上望向秦望左边的肩膀，深思熟虑后又攒足力气飞了过去。在经历一系列的登高后，公鸡最后站上秦望的肩膀，在那片狭窄的区域里移了移脚步，十分骄傲地站稳，站稳以后陪同主人秦望一起看雪。

　　秦望不紧不慢，在看雪的时候抬手去抚摸公鸡的脚爪，从上到下认真捋了一遍。他从怀里掏出一个修长的陶罐，手指从里头掏出一条蠕动的蜈蚣。蜈蚣塞去公鸡的嘴里，秦望说省着点吃，剩下的已经不多。

秦望声音很温柔，说出的话语好像是面对自己的孩子，那样的声音跟随午后的雪花一起飞舞。

后来秦望在客房里找了一把躺椅，好让自己在大雪压境的时候进入一场睡眠。其间他迷迷糊糊做了一个梦，梦中看见自己独自游荡在一个名叫凤凰城的地方，当地的百姓把他当作一个收集蜈蚣的虔诚的郎中。郎中很善良地告诉凤凰城百姓，蜈蚣可以治病，对治疗惊厥和癫痫都特别有效。

半个时辰后，秦望从梦中醒来，醒来时他听见外出的公鸡上楼的声音，两只宽厚的脚掌稳稳地在地板上踩落。秦望把眼皮睁开，看见公鸡轻脚熟路进入客房，身后还带了一个目光闪烁的男人。于是秦望从躺椅上起身，望向出现在门口的一条鞭，抹了一把脸用清晰的汉语说：

阿尾君，我们又见面了。你是不是碰到了什么麻烦？

28

定辽右卫营房议事厅，陈文仲神情孤独地坐着，站他对面的是陈集安、范石器以及赵小花。陈集安已经说了很多遍，一条鞭整支粮草队伍都是日谍，马夫是杀害林守备的凶手。同时赵小花也反复提起，自己之前在红松冈亲耳听见，一条鞭跟他手下说的是日语。陈文仲侧耳听着，始终没有发出声音。他还听见陈集安说现在需要立刻提审一条鞭的马夫，让他招供出自己是如何杀害林守备，逼他交出从林守备身上夺走的前线送来的羽书。

陈文仲愁眉苦脸听着，目光呆滞地望向窗外的雪。陈集安又说接下去要做的是从马夫这里撕开缺口，揭穿一条鞭入境的整场阴谋，从而搜出被他们窃取的边境舆图，最终将这支乔装打扮的日本物见队予以彻底剿灭。

陈文仲听到这里终于将目光收回，他说安巡检我有个问题，谁负责去将一条鞭的马夫带出来提审？陈集安说你能不能不要跟我装糊涂？这是九连城，你们定辽右卫过去拘捕一个人还不是轻而易举？陈文仲想了很久，勉为其难地笑了，他说我哪里有这样的胆量？人家鞭把总是前线派来的粮草官，他以后哪怕是动用一个手指头，也能把我给掐死。陈集安差点就要扇过去一个巴掌，他说陈文仲我再说一遍，狗日的一条鞭不是粮草官，他是彻头彻尾的日谍。再说你定辽右卫有三百名兵勇，人员是他一条鞭的十倍。

陈文仲继续望向窗外的雪，好像他更为在意的是九连城怎么也看不够的雪景。他喃喃自语道，金副守备到底去了哪里？我们要不要把他给找回来？只要金副守备回来，他让我怎么做我就怎么做，他说往左我肯定不会往右。陈文仲说到这里，陈集安已经愤然转身，一脚将门板给踹开。

跨出议事厅的那一刻，陈集安直面那场纷扬的雪。雪花硕大，他在定辽右卫操练场上停留很久，后来又踩着厚厚的积雪，不由自主登上营房的望楼。从望楼的角度望去，位于九连城东边的瑷河躺在天空底下显得十分清晰，河面光可照人。瑷河是鸭绿江支流，也是中朝两国边境线，此刻处于冰封期的河水凝滞不前，许多不知名的鸟在河岸两旁若无其事地飞翔，身影映照在冰面，像是随风飘飞的雨点。

陈集安突然羡慕那些鸟，羡慕它们来去自由，什么都不用想。

王芙蓉和马前草经过一路打听，在半个时辰后找到了定辽右卫营房。两人带着刘破问走进议事厅时，陈集安已经跟范石器商量好了前去当归客栈诱捕一条鞭马夫的计划。计划里，陈集安让赵小花戴上羊皮面具回去当归客栈重新做一回店小二元凤，然后等到夜里一条鞭他们全都睡下，赵小花设法拉上马夫去喝酒，喝酒喝到一半，马厩里突然烧起一把火，如此一来马夫势必去救火，于是等候在那里的陈集安和范石器就第一时间将他抓捕，并且在火势凶猛时趁乱冲出客栈……

刘破问觉得这样的计划听起来像是一个笑话。他顶着脖子上那块枷锁，想要摇头显得十分艰难，所以他忍不住开口，说陈集安你是不是觉得自己很聪明？但其实你们这是去送死。

陈集安抽刀，啪的一声就将刘破问枷锁给切断。刘破问惊吓得面如土色，很长时间才把眼睛睁开。他睁开眼睛突然醒悟，所以就急忙捡起掉落在地上的切成两半的枷锁，又非常迅速地重新扣上了自己的脖子。刘破问顶着已经不是枷锁的枷锁，说陈集安你想得美，我来九连城是去朝鲜充军，你以为你卸了我的枷锁，我就愿意跟你去当归客栈垫背？此时陈集安却将议事厅的门打开。陈集安说你可以走了，你不用再去充军，更加不用垫背送死。

刘破问愣了一下说，什么意思？陈集安说，你可以回去云城。

刘破问百思不得其解，又觉得陈集安是在抛弃他。他走去王芙蓉身边，说王芙蓉你知道的，我刚才的意思也不是说你们就是去送死，而是觉得这样的事情凶多吉少太危险。你要是不信我现在就替你们算一卦。我占卦算命跟刘伯温一样准。

陈集安笑了。陈集安说，刘破问你真的可以回去了，回去以后你告诉刘四宝县令，他送走的粮草队是一帮倭寇。

刘破问犹犹豫豫走去门口，看见雪下得那么大。他转身回头道，我当然不会走。要不我给你们唱一段《烧饼歌》，《烧饼歌》

是刘伯温唱给皇帝听的歌。

29

秦望重新坐回到躺椅，俯身轻抚公鸡的羽毛。那些羽毛全都有着鲜艳的色泽，也具备着柔滑的手感。抚摸完以后秦望推了一下公鸡的屁股，然后抬头看了一眼一条鞭，说阿尾君，我感觉你脸色不够好。

秦望是前线将军派出的物见队的一员，那天他跟一条鞭一同离开平壤，在朝鲜境内一直往北。因为伪装成难民，物见队一路行进很顺畅，后来到达朝鲜的最后一站义州，他们很意外地遇见一支奉命回国运粮的明军队伍。那时候秦望和一条鞭毫不犹豫下手，将整支粮草队伍予以剿杀，并且剥下他们的明军铠甲。

按照将军的指示，此后一条鞭又率队去了日军早就在义州设立的谍情密铺，去跟那里的人员接头。谍情密铺头领建议窃取舆图的速度越快越好，几十号人员最好是兵分两路，借此节省时间。一条鞭一边烤火，一边喝着密铺头领提供的清酒，他决定由自己跟秦望各带一路人马，分赴云城与附近的凤凰城。

秦望是一条鞭的表弟，他们两人的母亲是孪生姐妹，姐妹俩长得十分相像，连说话的声音也是难辨彼此。那天秦望从火炉旁站起，脸上跳动着隐隐的火光，秦望说阿尾君，要不我现在就出发，连夜赶去凤凰城？一条鞭说可以，那你挑选十五个人过去。秦望却说不用，我一个人就行。

说完秦望出发了。他卸去身上的明军铠甲，重新套上平民百姓的衣裳，站在人群里再次显得非常地普通。

现在蓝月亮客栈里缺少了取暖的火炉，屋里跟密铺相比显得阴冷。秦望搓了搓手掌，给一条鞭倒了一杯热茶。秦望说阿尾君到底遇到了什么麻烦？我们兄弟两人可以一起分担。一条鞭却不想回答，也对喝茶提不起兴趣。后来秦望又闻到一条鞭身上有着女人的气息，这种气息明显纠缠着脂粉和妖娆，让他很担心。他知道很多事情都是毁在女人的身上，那会让人扼腕痛惜。秦望抽了抽鼻子，这时候一条鞭却拧开明军铠甲上的护心镜，将藏在里头的云城舆图交到他手里。

一条鞭说我手上现在又多了二十车的粮草，粮草和舆图，我现在只能带走一样，我把舆图留在你这里。

秦望慢吞吞展开舆图，呈现在他眼里的是标注详细的城池与山野，线条与文字都十分清晰。他十分仔细地把舆图重新折好，藏进怀里说，阿尾兄长接下去还是要特别小心，凡事需要多长一双眼睛。

一条鞭对这样的言语不感兴趣，只是盯着站他身旁的公鸡，看它心无旁骛专心致志地昂首望向自己。他记得从暮色降临到现在，公鸡从头到尾一直在聆听他跟秦望两人的交谈，好像已经把许多事情都记在了心里。接着他看见秦望深情款款将公鸡抱起，在给它喂食一条墨绿色蜈蚣的时候，秦望说阿尾兄长，咱们朝鲜见。

30

林白山的遗体从定辽右卫营房被运回到家中，家丁将他身上的血迹清洗掉，也给他换上一套素净的衣裳。整整一个下午，林依兰披戴孝衣跪在父亲跟前，觉得父亲躺着只是暂时睡着了，随时都有可能醒来。

夜色降临，将空旷的院子笼罩，此时林依兰从白花白幡的灵堂望去，雪花安静地落下，她眼里的世界没有任何声音。家丁顶着落雪走来，轻声问她：要不要给林守备选个入土的日子？林依兰对着浓墨般的夜色陷入悲伤，她正想开口，却见到陈文仲赶了过来。然后陈文仲话还没说完，林依兰就从灵堂里冲了出去。林依兰穿着宽大的白麻孝衣，急匆匆穿过积雪的院子，她奔到门口时被拖在地上的衣带绊了一脚，于是整个人在雪地上跌倒。此时她感觉身子很沉，却在起身时很清楚地看见，远处当归客栈的方向，已经升腾起一团熊熊燃烧的火。刚才陈文仲告诉她，陈集安他们决定夜袭当归客栈，直接拿下一条鞭的马夫。现在林依兰望向那团火光，感觉整个人在下沉。

大火燃烧之前，赵小花也就是元凤，正在客栈厅堂里陪一条鞭的马夫喝酒。马夫对元凤突然请他喝酒感觉很意外，他一边喝酒一边盯着元凤那张脸，心想这人要是把羊皮面具给摘下，样子是不是惨不忍睹？马夫咬了一口元凤递给他下酒的乌黑的冻梨，即刻被透心凉的甘甜给征服，他惊讶于九连城人竟然有这样的耐心，能够将一颗秋天里摘下来的梨保存到现在，而且一口咬下去，里头的果肉还是那样地雪白。

马夫说，元凤你一个男人，为什么会叫元凤，难道不应该叫元龙？赵小花听到这里笑了，他说官爷难道不知道，我们中国人说的凤凰，凤是男的，凰才是女的。马夫愣了一下，抓在手里的冻梨在嘴前停住。他想，元凤为什么要那么说，要说我们中国人？

然而也就是在这时，马夫听见身后隐隐传来马群的嘶鸣，声音凄厉，听起来让人揪心，想必是马群受到了突如其来的惊吓。他在不安中起身，透过窗格子满脸疑惑地望去，望见的却是后院马厩的方向，已经被一场大火所占据。

马夫手忙脚乱，喝下去的酒全醒了。他在冲去马厩的路上喊了一声救火，途中又抓起一个木盆，想装满一盆积雪去灭火，此时后门方向正好有两匹马向他奔来，马背上的是身披铠甲的定辽右卫兵勇。马夫心想这是夜巡的兵勇，然而他还没来得及转身，就见到兵勇朝他套过来一个硕大的麻袋，麻袋哗啦一声将他脑袋给罩住，继而又罩住他全身。马夫在密闭的麻袋中挣扎，拼命叫喊的声音嘤嘤嗡嗡，只能在他自己的耳边回响。

此时的一条鞭正在从蓝月亮客栈回来的路上。他首先看见空中升起一股浓烟，接着浓烟下就出现触目惊心的火舌，火舌越烧越高，顷刻间像是群魔乱舞。一条鞭快马加鞭，朝着当归客栈的方向冲去。马从后门冲进院子，一条鞭望向混乱的火场，看见许多手下正在拼命扑火，而此时两名铠甲护身的定辽右卫兵勇，策马奔驰的方向却正好跟他相反。

一条鞭让胯下的马停住，停在了狭窄通道的中央。火光闪烁，他仔细望向对面奔来的那匹马，以及马背上的那张脸，最后他唰的一声拔刀，非常果断地说了三个字：

陈，集，安！

31

陈集安决定豁出去拼了。他毫不犹豫拔出云南斩马刀，听见身后赶来的范石器说你先走。但是陈集安想，撞都撞上了，何不一起对付？

马厩在燃烧，火光冲天，迎面冲来一阵阵的热浪。然而陈集安遇到一个问题，被麻袋套住的马夫此时正被他搁在马背上，一路上还在继续不停地挣扎。陈集安就此干脆提起沉重的麻袋，一把将它夹在了左臂的腋窝底。于是面对冲过来的一条鞭，陈集安握在右手的刀子就狠狠地朝他削了过去。

两把刀子瞬间撞在一起。一条鞭仔细望向陈集安腋窝下的麻袋，终于看清麻袋外露出的，原来是一双晃荡的腿，所以他说了一句：安巡检，你和这只袋子，今晚都必须给我留下。

王芙蓉和马前草正在客栈外等候，准备接应从院子里冲出来的陈集安。火势凶猛，院子里飘荡出的浓烟熏得他们不停地咳嗽。他们原本听见里头救火声乱成一团，但是过了一阵，声音却变成刀来剑往的厮杀。

马前草坐在马背上如坐针毡,不知道接下去该怎么办。这时候王芙蓉勒紧马缰喊了一声:还等什么?冲进去!

王芙蓉冲进后院,首先看见一堆没人管理的火,他绕过火场,就见到一条鞭手下那黑压压的人群,已经将陈集安兄弟三人给围住。陈集安和范石器已经杀红了眼,两人在马背上左冲右突,站立在两匹马中间的是挥刀砍杀的赵小花。王芙蓉杀进人群的时候想,这注定会是一个难忘的夜晚。

那天让马前草记忆深刻的,是陈集安凌厉的目光,那种咄咄逼人的目光,让他想起所向披靡。马前草看见陈集安的左手臂死死夹住那只麻袋,同时右手的刀子又将撞向眼前的一切给削断。刀光在四周出没,陈集安被一条鞭以及物见队的好几名手下给围住,但是他越杀越勇,于是跟随斩马刀刀光飞出去的,除了滚烫的血,就是物见队手下被砍断下来的血淋淋的手脚。此时困在麻袋中的马夫并没有停止挣扎,他的双腿在空中胡乱踢腾,由此给厮杀中的陈集安带来了很大的困扰。

一条鞭朝陈集安的左手一刀刺了过去。陈集安侧身一躲,却没想到呲的一声,麻袋又被一条鞭的刀子给扎穿,马夫于是从那个破洞中急不可待将脑袋钻出。马夫好不容易吸上一口新鲜空气,却在缓过来后立刻张嘴,对准陈集安的手臂狠狠地咬了过去。

陈集安感觉一阵钻心地疼痛，也感觉马夫锋利的牙齿正在他的肌肉中一点一点深入。他差点痛得晕了过去，正要用刀柄砸向马夫的脑袋时，却看见这家伙猛地抬头，抬头的时候脑袋使劲一甩，嘴里即刻甩出一缕飙飞的血，同时也带走了他手臂上的一块肉。

陈集安看见一个血淋淋的伤口，硕大的伤口。此时很多雪花落下，掉落进他初来乍到的伤口，他没有感觉到冷，也没有感觉到痛，只是觉得眼前的一切很不真实。这时候一条鞭的刀子再次削了过来，陈集安于是迷迷糊糊，只能勉强用马夫的身体去抵挡。然而一条鞭对此毫不在乎，他紧接着又是一刀，这一次是特意对准了马夫。刀子唰的一声掠过，身影无比轻快。陈集安好像觉得是切中了什么，等他迅速缓过神来一看，原来此时马夫的整颗头颅，已经痛快淋漓毫不留情地飞出，继而滚落在地上。

那一刻陈集安蒙了，他感觉留在臂弯里的马夫一下子轻了很多。他看见马夫被斩断的脖子上，除了碗口那么大的切口，此外就什么都没有留下。

是的，陈集安想，的确是什么都没有留下。

32

郑烟直赶到客栈时，大火已经接近尾声。火势燎原，一直从马厩蔓延到当归客栈的主楼。郑烟直看见客栈厅堂早已成了一片火海，火星四溅，火场中传来木板被烧裂的回响。并且火焰沿着楼梯，一级一级往上爬升，转眼就将位于二楼的牡丹睡房包围在了中间。

睡房里传来朵朵的哭号，声音惊心动魄，让人毛骨悚然。此时被一条鞭踩在脚下的牡丹已经发疯。牡丹披头散发像一团燃烧的草，她光着一双赤脚，两只绣花棉鞋已经不知去向。牡丹声嘶力竭哭喊着朵朵的名字，好不容易从地上爬起时，就要不顾一切冲去火场。然而一条鞭再次将她挡住。一条鞭现在卡住牡丹的喉咙，将她很轻易地提起。一条鞭说我再问你一次，火是不是你烧的？你们那个名叫元凤的伙计，他现在去了哪里？

牡丹像是被一条鞭提在手里的鱼，她整个身子晃来晃去，张开的嘴巴除了干呕，难以发出任何声音。她在绝望中挣扎，悬空的赤脚始终无法落地。她的两只手四处乱抓，最后冷不丁抓到挂在一条鞭腰间的佩刀，于是她抽出刀子毫不犹豫地捅了过去。

一条鞭并没有中刀，牡丹却像一条死鱼那样被他狠狠甩在了地上。此时深陷于火焰中的客栈发出伤筋动骨的呻吟，牡丹发现整座屋子在无可奈何地摇晃，随即就轰然坍塌，火焰在地上洋溢了开来，像是泼出去的水。

朵朵的哭声就此消失，仿佛被喧嚣的夜空给收走。郑烟直从头到尾目睹这一幕，他感觉空旷与寂寞从天而降，落到眼前时声势如此浩大。他猛然坐在雪地上，内心孤独，似乎顷刻之间变得苍老了许多。

时间过了很久，郑烟直慢慢想起，他曾经听见朵朵的另外一次哭号，是在牡丹分娩的那一晚，那也是朵朵来到这个世界的第一次哭号。那天郑烟直在当归客栈点了一大桌美味佳肴，他坐在宽阔的鸡翅木圆桌旁，一个人独自喝酒。喝酒的时候郑烟直心里很紧张，听见楼上的牡丹因为痛楚而叫喊。他继续喝酒，装作一副漠不关心的样子。后来牡丹的叫喊变成孩子的第一声啼哭，郑烟直于是在喜悦中觉得，那种哭声有着珍珠般的力量。大汗淋漓的接生婆很快从楼梯上下来，她跟店里伙计说，是个胖嘟嘟的女儿。郑烟直听到这里打出一个酒嗝，在心底里笑了。

他把剩下的酒菜全都送给接生婆吃，十分满意地走了。

没有人知道，那是他郑烟直的女儿。

现在郑烟直坐在雪地上，看见一条鞭朝他走来。一条鞭用刀尖指向他额头，说，你又是谁？

郑烟直起身，起身时伸出两根手指，捏住一条鞭的刀子将它拿开，像是拿走酒桌上多出来的一双筷子。郑烟直说，我在想事情的时候，不喜欢被人打扰。

说完郑烟直转身，决定离开这片大火焚烧的废墟。路上他听见牡丹的哀号，渐渐又变成一场欢笑，仿佛发自肺腑，声音在夜空下听起来让人胆寒。

郑烟直想，牡丹可能是疯了。

他颓然走出几步路，越过一些横躺在地上的尸体，还被其中一具尸体绊了一脚，差点摔倒。他凝神细看，躺在血泊中的似乎是来自云城巡检司的马前草。马前草躺在地上望向夜空，目光一片空虚。

这时候郑烟直想，不知道陈集安是否还活着？

33

林依兰感觉经历了一场生死。她站在定辽右卫营房门口，风从当归客栈方向吹来，带来刺鼻的焦烟。林依兰望向四处飘飞的灰烬，觉得整个人被掏空，正在跟着灰烬一起飘浮。

刘破问伸长脖子望眼欲穿，也在雪地中焦急地等待。他想自己曾经提醒过，此去凶多吉少，但是陈集安为什么就不信他那一套？

焦烟弥漫，夜色浓稠。枣红马出现在刘破问眼里时并没有奔跑，刘破问也没有见到骑在马背上的陈集安。后来他迎向那匹步履滞缓的马，走到中途又心慌意乱不敢靠近。此时他忽然听见有什么东西从马背上滚落，软绵绵地砸在了雪地上，于是他鼓起勇气冲上去，过了一阵才拍了一下大腿说，陈集安你吓得我半死，原来你没有死。

范石器跟王芙蓉骑了同一匹马回来，他的马在现场被砍翻。刘破问开始数人头，数过了赶上来的赵小花，他觉得还少了一个谁，所以他问王芙蓉，马前草呢？你们巡检司的马前草呢？

王芙蓉下马，下马以后没有站稳，糊里糊涂摔了一跤。

王芙蓉说，刘破问你给我闭嘴，你能不能不要这么啰唆？说完，王芙蓉的眼泪流了下来。王芙蓉记得，马前草死的时候躺在地上，喉咙里插了一把苦无。

林依兰给陈集安清理手臂上的伤口。血已经凝结，能够看见被咬开的皮肉。后来范石器朝伤口上倒下一碗酒，陈集安于是当即从椅子上跳了起来。

许大拿赶到时，天色已经露出曙光，雪也已经消停。

许大拿说一条鞭刚才派人去城门前，勒令他尽快将城门打开，因为粮草队这天必须离开九连城前去朝鲜。许大拿说完望向陈文仲，陈文仲又将目光移向了林依兰。这时候陈集安抓起桌上的云南斩马刀，说，陈文仲你在九连城好好养老，我会替你去把城门给守牢。

34

清晨的九连城迎来一缕若隐若现的阳光。阳光首先出现在东边的朝鲜方向，将天边的云层渲染出一道霞光。

一条鞭从一场回笼觉中醒来，昨晚大火过后，他跟手下就露宿在当归客栈的废墟旁。现在一条鞭伸了个懒腰，迷迷糊糊睁开眼时，看见郑烟直竟然再次出现在废墟现场。郑烟直在凌乱的废墟里翻寻，最后他找到那串黑白棋子做成的手串，于是将它擦拭干净，又十分郑重地装进了兜里。

两刻钟以后，物见队的人员集结完毕，粮草队重新出发，向着城门的方向推进。一条鞭走在队伍最前面，他很快就发现，那扇城门竟然还没有为他打开。他举起油光发亮的马鞭，指向城门官许大拿说，信不信老子现在就把你绑了，同样挂上那根高耸的旗杆？

许大拿无言以对，抬头望向那根旗杆，看见它在清晨的阳光下微微摇晃。这时候一条鞭已经很不耐烦，猛地将刀子架上许大拿的脖子。

一条鞭说九连城可能马上就要少了一个城门官。

一条鞭话刚说完，却很意外地发现，此时城楼下幽深的门洞里，有人正蹲坐在那里对着一块城门砖磨刀。一条鞭慢条斯理松开许大拿，觉得这样的一幕十分眼熟。他想起自己当初离开云城时，陈集安也是在城门洞里孜孜不倦地磨刀。

因为昨晚在火场中的厮杀，陈集安的脸上布满乌黑的雪泥，以及暗红的血浆。此刻雪正渐渐化开，于是血浆和泥浆混杂在一起，陈集安伤痕累累。

一条鞭策马奔上，说姓陈的，你该庆幸自己还活着，但是老子决定了，老子现在就要将你给踩扁。陈集安并没有望向他，而是举起刀子，用手指试了试刀口。他说再给我一点时间，让我把刀子再磨一遍。

陈集安说完，陈文仲已经带了一队人马赶到。陈文仲站在路旁招了招手，将许大拿叫去了身边，他跟许大拿嘱咐了几句，许大拿于是又一路奔跑，回到了一条鞭的身边。

许大拿说，鞭把总对不住了，按照守城门的规矩，粮草队伍出城之前，需要例行检查。

一条鞭说查吧，好好查，最好能查出一点什么。说话的时候他望向陈集安，心想你能查出一个屁。

35

阳光彻底降临在九连城，范石器站在城门前的另外一个方向。

范石器很清楚，就凭陈文仲那些手下，根本不可能搜出被一条鞭所隐藏的舆图。果然他很快看见，那些人所谓的检查浮皮潦草，只是对着粮草队的粮车一味翻寻，根本不敢靠近一条鞭的手下。

这样的搜寻注定是徒劳，范石器认为，起码要对一条鞭搜身。

刘破问后来自告奋勇加入了这场检查。他走去一条鞭身边，看了一眼牵在他手里的马，然后皱起了眉头说，鞭把总，我刚才为你算了一卦，你现在心里很慌。有什么事情等下再讲，我现在很忙。

刘破问说完捏了捏脖子，因为之前的枷锁，锁得他脖子很酸

155

痛。刘破问继续捏脖子的时候，另外一只手已经搭上一条鞭那匹马的马背，继而又一路前行，伸向了裹在马背上的马鞍。

阳光在做工考究的马鞍上游走，刘破问的手掌在马鞍下慢慢深入。他感觉那个部位特别温暖，马的皮毛也是光滑而且柔顺，摸起来十分舒服。接着刘破问的手掌突然停住，然后他两只眼睛若有所思地眨了一眨。

刘破问望向一条鞭，笑眯眯地说，鞭把总，我好像摸到了什么？

一条鞭也笑眯眯地说，那你还在等什么，赶紧把它拿出来。

刘破问说好吧。然而谁也没有想到，刘破问从马鞍下取出来的，果然是一份折叠好的舆图。舆图展开，上面不仅标注了云城县的地形，还有县城东边宽阔的红松冈。

一条鞭差点吐出一口血，他觉得真是出了鬼了，然而他即刻就要将舆图给夺走时，刘破问却身子一蹲，像是一只兔子，很快在马屁股后面消失。

一条鞭彻底爆发，他没有想到陈集安会无耻到这种地步，竟然要尽花样给他栽赃。那么现在留给他的路只有一条，就是冲他个鱼死网破，把挡住他的九连城给撞开。

一条鞭转身，勒令身后的手下出刀。刀子的光芒汇聚在一起，他相信只要所有的刀子一起砍过去，即刻就能将门洞里的陈集安给剁碎。

此时陈集安已经磨好了刀，刘破问也将搜出来的舆图交到了陈文仲的手里。范石器说，陈文仲你还在等什么？还不将他们拿下？陈文仲若有所思看了他一眼，又望向陈集安，最后他将目光移开，对等候在身边的手下摇了摇头说，不要看我，这事情我还没有想好。

物见队成员成群结队上来了，步伐整齐，人潮涌动。

陈集安在门洞里站直，手指捋了捋刀锋。此时范石器、赵小花以及王芙蓉三人，已经提着三把刀，相继在他身边会合。风从刀尖上经过，陈集安扭了扭脖子，仿佛听见血流成河的声音，正从遥远的天边赶来。他看见王芙蓉站在自己右手边，望向密密麻麻的物见队时正在战战兢兢地喘息。王芙蓉双腿后退了一步，又向他靠近过来半步。陈集安于是按住他肩膀，说，王芙蓉你不要打摆，两条腿给我站直。王芙蓉说我有点冷，陈集安说你不是冷，你是还没有学会残忍，站直了，站直了你就不会觉得冷。

物见队的刀子越来越近，仿佛要将这天上午的阳光切碎。范石器上前一步，手里的刀子举得更高。他说陈集安，你跟赵小花和王芙蓉殿后，对付物见队是将军交给我的任务。

陈集安笑了。陈集安说任务是所有人的，我们全都来自云城，此刻要为九连城背水一战。

物见队十分凶猛地冲过来了，嘴里高喊着咿咿呀呀。陈集安双目怒视，身子略微蹲下，为的是将脚底的步道砖踩实。他看见乌泱泱的人群，以及乌泱泱的刀光。

36

万历二十一年元月十八日辰正一刻，范石器的刀和一条鞭的刀再次相见。两把刀子撞在一起，顷刻间火星四溅，似乎将一触即发的九连城彻底点燃。

范石器知道，此战不仅是背水一战，很有可能还是他的最后一战。他已经决定战死在九连城。

耳边杀声震天，此时陈集安盯牢的是一条鞭队伍中的阿香和芒果，他决定将两人的头颅先行取下，顺便送给一条鞭陪葬。与此同时，他还要照顾身边的王芙蓉，以在凶险时分给他必要的援助。

血光四溅。

陈集安的刀子一再削出，卷起猛烈的风。此刻他感觉到林依兰的目光，就在不远处，那种目光为他增添源源不断的力量。然而也就是在这时，陈集安听见身后的城门咣当一声打开，厚重的门板在移动，风从城外吹了进来，像是冲进一个庞大的缺口。陈集安想，许大拿真是疯了，应该杀无赦，但他惊愕地回头，见到的却是站在城门外的金人杰。

金人杰回来了。金人杰心情很差。面对眼前乱成一锅粥的厮杀，他在马背上挺直身子，怒气冲冲喊了一声：都给我住手！

风热烈地吹着，吹得城门的门板止不住摇晃。金人杰再次喊了一声住手，于是所有的刀子停住，一切仿佛都回归到原位。现场安静得出奇，城门再次关上时，金人杰的马从两帮针锋相对的人群中穿过。马不紧不慢走去陈集安身边，路上打了一个清晰的响鼻。金人杰下马的时候说，陈集安你有完没完？还不把刀子给我放下？

陈文仲即刻迎上，将舆图呈交到金人杰手里。金人杰甩开舆图以后粗枝大叶瞄了一眼，然后很认真地望向一条鞭。他对一条鞭笑了笑，接着问陈集安，这样一份舆图能够代表什么？鞭把总从前线过去云城运粮，路上带了舆图，这事情难道很奇怪吗？

陈文仲顿时庆幸自己的稳重，觉得金人杰的话很在理，起码陈集安给不出一条鞭偷舆图的证据。他上前接过金人杰手中的马鞭，见到金人杰的另外一只手已经搭上一条鞭的肩膀。金人杰说鞭把总息怒，我正好有个事情要跟你商量。一条鞭说我没有时间，我要去朝鲜，粮草要是送晚了，你来承担责任吗？

不耽误鞭把总送粮，金人杰说，最多就是吃顿饭的时间。然后他又把声音压低，几乎是窃窃私语。他轻声说，鞭把总不能这样一走了之，你得把陈集安和范石器那两个草包给我带走，你让他们留在这里，接下去我在九连城还要不要这张脸？

一条鞭问怎么商量？

金人杰就眨了眨眼，告诉他这里说话不够方便。他说要不我们一起去泡澡，我请你所有的兄弟一起泡温泉，温泉里说话方便。一条鞭站在那里不动，金人杰就十分认真地望向紧闭的城门。

金人杰也不高兴了。他说鞭把总要是一定要走，那就起码把范石器带走，范石器是要押送去朝鲜的死囚犯，你别想把这么一个烂摊子扔给我。

后来金人杰推着一条鞭，两人的背影越走越远。赵小花将刀子推入刀鞘，听见赶过来的刘破问说，搞什么鬼？老子搜出的舆图难道就是一张废纸？

37

松花浴池很快迎来了一条鞭的手下。那些人把自己脱得精光，赤条条踩进了暖意融融的池子。阳光温情地洒下，在水面上营造出波光粼粼的效果。眼前雾气缭绕，阿香和芒果在温水中躺下，仿佛回到了富士山下的家乡，他们的家乡有着众多的温泉。

一条鞭没有时间泡澡，他待在休憩楼一楼的茶室里，正在等着金人杰开口。金人杰正忙着烧水，身后的门一直开着，一条鞭是在静下心来时发现，门外有人在扫雪，而且那个忙碌的背影，正是他见过好多次的郑烟直。

一条鞭说他是谁？金人杰说他姓郑，是这里的掌柜。一条鞭愣了一下，看见地上厚厚的积雪正被郑烟直一层一层扫除，最后显露出来的，是一片清爽又潮湿的泥土。一条鞭看到这里不免心生狐疑，多少觉得有点不对劲，这时候屋檐上正好有一堆积雪啪的一声落下，不禁让他在椅子上挪了挪屁股。他想起牡丹与朵朵，朵朵昨晚被大火所吞没，牡丹的哭喊声在他脑子里回响。

茶壶里的水渐渐烧开，一条鞭说金副守备有话快说，你准备让我怎么带走陈集安？金人杰心事重重地坐下，坐下时又不明所以地笑了一下。他望向茶壶口不停升腾的蒸汽，说，接下去我想跟鞭把总讲个故事，等你听完了这个故事，自然就知道该如何处置陈集安。

金人杰的故事跟他昨天离开九连城有关。他说昨天自己跨江去了一趟朝鲜的定州，定州离义州不远，明军在那里设有军方驿站。说到这里金人杰问一条鞭，问他认不认识一个名叫罗啸天的辽东铁骑军把总。一条鞭想了一下摇头，说派去朝鲜的把总官多如牛毛，数都数不过来，至今估计死了一大半，再说他跟辽东铁骑又不是同一支队伍，他是来自福建。金人杰于是点头，认为一条鞭说得有道理。他说罗啸天的确也是死了，据定州驿站的人说，那人个子很矮，站在地上跟他的马在一起，差不多只有马背那么高。

一条鞭很不喜欢这样的闲聊。他把脑袋转过去，透过窗口看见，阿香和芒果他们正在温水荡漾的池子里闭目养神，似乎已经进入一场梦乡。

金人杰也望向浴池，看见池水正泛起一层油腻又污浊的泡沫，在水雾缭绕中显得色彩斑斓。金人杰说，定州驿站的人告诉我，他们在六天前接待了一支从前线回国运粮的队伍，那支队伍有好几十人……

一条鞭听到这里坐立不安，陷入长久的沉默。他把视线收回，在那场焦灼的寂静中，他鼓起勇气开口说，金副守备到底想说什么？一下子辽东铁骑，一下子又是运粮队伍，这跟陈集安和范石器有什么关系？

金人杰却起身，走去门口时突然就笑了。他说鞭把总听我把故事说完，昨天定州驿站的人还告诉我，那支回国运粮的队伍来自辽东铁骑，他们带队的把总是叫罗啸天！罗啸天的个子比鞭把总矮了许多，但是他随身携带的运粮令，却跟你手上的那份一模一样。

一条鞭的手缓缓伸出，伸向搁在桌子上的柳叶刀。他也是到了现在才知道，之前被他跟秦望所剿杀的明朝运粮队伍，其中那个身材矮小的带队把总，也就是他手上这把柳叶刀的主人，原来是叫罗啸天。他说金副守备，罗啸天运粮跟我运粮，这两件事情究竟有什么关联？这时候他望向门外，见到陈集安兄弟三人正朝休憩楼方向走来，也听见金人杰说，有关联，罗啸天运粮令上指定的收粮地点，同样也是云城。

此时金人杰的声音不容置疑。金人杰拍了一下桌板道，罗啸天和他的手下都死了！有人在义州扒出他们的尸体。几十具冻僵的尸休赤身裸体，明军铠甲一件不剩，这也是我昨晚在义州亲眼所见。

一条鞭踢开椅子呛啷一声拔刀。一条鞭受够了。然而他在拔刀时看见，陈集安兄弟三人已经抵达门口，齐刷刷站在了金人杰的面前。

金人杰抹了一把脸，看见阳光落在积雪清扫后的泥地上，很是饱满。他跟陈集安说，这个地方交给你了。过去的事情一笔勾销。

陈集安于是伸出手臂，拦住范石器和赵小花。他盯着一条鞭道，我一个人就够了，我来负责把他剁碎。

早在一刻钟之前，金人杰就让陈文仲过去城门前给陈集安传话，叫他们兄弟三人即刻前往松花浴池。那时候陈集安问，金副守备还说了什么？

陈文仲深吸一口气，显得很稳重。

陈文仲说，一个字：杀！

38

万历二十一年元月十八日接近中午时分，在松花温泉浴池休憩楼一楼，当陈集安举刀杀向一条鞭时，露天浴池的上空也正好射出一排密集的箭。嚣张的箭雨酣畅淋漓，带着一场急促的呼啸，朝浴池中赤身裸体的物见队人员无比准确地飞奔了过去。箭头穿透水雾，有的射中目标，有的钻进池水。总之每一根箭头抵达终点时，都无一例外地响起噗的一声。

声音沉闷，却也干脆。

那天刘破问一下子没有反应过来，想不明白眼前到底发生了什么。他只是见到陈集安和范石器的刀子同时向一条鞭砍去，然后落单的一条鞭左右抵挡，像是被猎人围攻的野猪，眼里呈现前所未有的惊慌。

与此同时，在那片裸露于雪地的露天浴池中，物见队成员哭爹叫娘四处逃窜，叫喊声响成一片。而当一阵箭雨射击完成后，整个浴池又有那么一刻陷入短暂的宁静。

刘破问不会忘记，那时候池水热烈地晃荡，血红的池水中相继漂浮出许多光屁股的尸体。尸体因为中箭，鲜血阵阵涌出，血在雾气氤氲的水面上一层一层化开，样子十分妖娆，像是漫山遍野绽放开来的映山红花。

陈文仲早就登上了浴池平房的屋顶，带了一群弓箭手。经过刚才一阵射击，他在忙碌过后发现，此时箭袋里只剩下最后一支箭。池水雾气笼罩，浴池里暂时很平稳，他在考虑这支箭的最终去处时，见到了从池水里猛地钻出来的芒果。芒果在水底下待了很久，依靠一具漂浮尸体的阻挡，他才让自己幸免于难。现在他像一只水猴，钻出水面时甩出一场鲜红又磅礴的水花，然后猛吸一口气，又重新钻进水底，继而朝浴池边游去。

陈文仲不慌不忙盯着游动在水底的芒果，遗憾那个晃动的身影似乎还游得不够快。他搭箭上弓等了很久，直到水面上浮现出一片属于芒果的乌黑的头发，他才让箭头飞了出去。箭头不偏不倚，正好射中芒果即将浮出水面的脑袋，瞬间将那脑袋重新按回到了水里。

箭头在水面上漂浮，陈文仲把弓收起。

陈文仲说，金副守备让我往左，我肯定不会往右。

一条鞭抬腿将火炉中的烧水壶踢飞，滚烫的开水溅出，朝陈集安和范石器两人泼了过去。与此同时，他一刀砍断身边的窗格，整个人跃起身子飞了出去。他仓惶冲去浴池，看见许多侥幸活命的手下哭天喊地，手下手无寸铁，纷纷奔向之前扔在雪地上的铠甲和佩刀。但是陈文仲带领的兵勇很快赶到，他们一个个手起刀落，砍向对方时声音干脆利落，听起来像是在夏天里切瓜。

血腥味四处弥漫，一条鞭放眼望去，整片池水都被鲜血占领，在阳光下泛滥着红色的光芒。此时他觉得大势已去，可能末日正在降临，但他见到了自己的马，正冲破氤氲的水雾向他疾速奔来，马在奔跑时对他嘶鸣了一声。远远地，声音很凄厉。但是一条鞭觉得，策马逃亡已经没有意义，所以当马蹄在他跟前骤然停下时，他分别抚摸了一下马的两条前腿，然后就即刻举起柳叶刀，一刀扎进了马的脖子。

马血喷了出来，血溅了一地。一条鞭将刀子抽出，看见陈集安兄弟三人正从三个方向向他走来，唯一留给他的出路，就是身后血水浓稠的温泉浴池。

阳光在头顶晃来晃去，一条鞭估计时间已经到了冬日的午后。此时他头晕目眩，提起柳叶刀就要朝自己的肚皮扎去时，手腕却被即刻赶到的陈集安牢牢地卡住。

陈集安说怎么可能如此便宜了你？

说完陈集安一腿将一条鞭踢翻，踩着他头颅像是踩着一头嗷嗷叫唤的猪。

陈集安蹲下，斩马刀搁在一条鞭的脖子上，刀锋贴近他肌肤。

陈集安问，你是不是很喜欢切下人家的头颅？

一条鞭趴在地上，嘴里塞满雪。他一个字也说不出，只能拼命摇头。

陈集安决定让自己的刀子深入，先给一条鞭放出一点血。这时候始终站在一旁的郑烟直上前，郑烟直说安巡检，这一刀能不能留给我？陈集安还没来得及回答，郑烟直却已经接过他手里的斩马刀。

郑烟直也是踩住一条鞭的脑袋，刀子对准他脖子。他提了提刀子，感觉斩马刀比较沉，可能自己没有足够的力量砍下，将一条鞭的脖子一刀两断。所以他决定用切割的方式，就像木匠锯断一根木头那样，让刀子在一条鞭的脖子上来回多割几次，大不了多花一点时间。

一条鞭在郑烟直的靴子下挣扎，在皮肉被渐渐割开时，他听见郑烟直竟然用一句十分标准的日语提醒他："阿尾君最好别动，因为你越动，我很可能就切得越慢。"

血浆分层次喷出，跟随来回移动的刀锋，一波接着一波。

陈集安和范石器后来感到惊讶，惊讶于郑烟直切开脖子的力量，竟然是那样地势不可挡，从头到尾毫不凝滞。

39

林白山的遗体安放进棺木。他躺在那里衣裳素净，面容安详，看上去是在等待一场远游。

木鱼声回响，灵堂四周烟气缭绕，来自圣水寺的法师开始主持一场法事时，林依兰和金人杰在棺木前跪下。两人一起磕头，一起敬酒，也在火盆里烧纸。纸灰飘扬，郑烟直拜过三拜以后从怀里取出《烂柯图》棋谱，那是林白山生前一直很想借阅的棋谱。

郑烟直将棋谱摆放在林白山的枕头前，看见陈集安提着两颗头颅走了进来，两颗头颅分别是一条鞭和他的马夫。陈集安在众人的目光中跪下，连着磕了三个响头，端起酒盏的时候他说，林守备，陈集安给您敬酒。

唢呐声响起，棺木盖上，木匠开始敲钉子。榔头一声声敲下，林依兰觉得，声音就撞击在她胸口的位置。

林白山下葬的日子已经选定，家丁在院子里焚烧他之前换下来的血衣。陈集安也是在这时候突然想起，林守备原本藏在血衣口袋里的那份前线送来的羽书，他到现在还没有看见。

他差点把这事情给忘了。

九连城的焚尸场位于城西，陈集安跟金人杰赶到时，烧尸人正要开始焚烧成堆的尸体。两人先是翻出属于一条鞭和马夫的无头尸体，搜遍其全身，结果令他们失望。

物见队所有人员的铠甲衣物以及一应行李随后送到。与此同时，陈文仲带领的兵勇也对粮草队的所有粮车进行细致检查，搜寻范围到边到角，然而等到一切结束，没有人发现羽书的踪影。

难道羽书已经被一条鞭销毁？陈集安觉得，这样的假设始终不能让自己安心。

焚尸炉的火焰渐渐熄灭，陈集安感觉一丝寒冷，来自他背后。他有很长一段时间盯着马夫的尸体，最后突然想起，当初自己跟范石器一起去当归客栈诱捕时，这人身手平平并不显得训练有素，就连在麻袋中挣扎的力量也是差强人意。但是林白山是在落满积雪的屋顶被杀，难道那样一个孔武有力又能飞檐走壁的凶手，会是眼前瘦弱的马夫？

陈集安越想越焦虑，感觉自己可能走进了一个误区。后来他回去肆城口胡同，纵身跃上林宅对面的屋顶。虽然曾经又下过一场雪，但是屋顶上的血迹和两排脚印还是清晰可见，除了林白山的鞋痕，另外的脚印显然是属于凶手。脚印在一摊血迹旁会合，交错凌乱，那显然是林白山中刀的地点，也就是凶杀案的第一现场。

陈集安盯着稀薄积雪下密密麻麻的血，看上去一片浅红，却依旧触目惊心。阳光从头顶洒落，他能闻到冰冻的血浆渐渐化开的气息。这时候他突然发现一个被自己遗漏的画面，就是凶手的脚印两边布满了血迹，但是脚印窝的中央却滴血未沾。那么可以断定，林白山的血当初洒下时，其中有一部分是被凶手的鞋子所阻挡，所以脚印窝的中央才会一片空白。

陈集安即刻出现在焚尸房，仔细查验马夫脚上的那双靴子。靴子陈旧并且肮脏，看上去很合脚。但是陈集安再次查看靴子的四周，还是没有发现一丝血迹，哪怕是因为沾血而擦洗过的痕迹。此时范石器和王芙蓉也向他证实，当初在红松冈，马夫穿的的确也就是这么一双靴子，并没有更换过。

很快，又一件令人意想不到的事情发生。当金人杰摊开之前刘破问从一条鞭马鞍下搜出的那份舆图时，范石器只是略微一看，就发现舆图有问题，舆图完全是伪造的。

范石器曾经是云城架阁库的守卫，他之前无数次见过架阁库中的舆图，用的都是质地精良的宣纸，而非眼前粗糙的罗纹纸。再说，架阁库保存的云城舆图都是长五尺宽四尺，而眼前这份舆图，长度最多不过两尺。

刘破问趴在舆图上仔细研究了一阵，也很快发现舆图漏洞百出，就连他家所在的豆腐渣胡同，其标注的方位也是不对的。

刘破问骂了一声干他姥姥，哪个王八蛋胆子这么大，敢把我家给搬迁走。

刘破问说，老子辛辛苦苦，没想到拿到手的会是假舆图。

40

秦望在蓝月亮客栈里抱着心爱的公鸡，一个人面对阳光站了很久。之前他跟随看热闹的百姓，去了一趟松花温泉浴池。他挤在人群中，看见池水已经成了一潭浮沉的血水，雪地四周都是横七竖八的赤条条的尸体。那时候九连城的许多野狗闻风赶到。野狗迫不及待撕咬开血肉模糊的尸体，于是那些从肚皮中滚落出来的花花肠子和肥肉，即刻被它们占为己有。它们小心翼翼拖拽着皮肉拖拽出去很远，直到一个无人问津的角落。

秦望的目光始终闪烁，他想在众多的尸体中寻找出一条鞭，却一直没有答案。后来他猜想，那具没有脑袋又身披铠甲的尸体，应该就是自己的兄长阿尾俊秀。阿尾俊秀的母亲跟秦望的母亲是孪生姐妹，秦望六岁那年的盂兰盆节，母亲带他去外祖父家过节，全家一同祭祀先人。那是秦望第一次见到阿尾，阿尾比他高出半个脑袋。欢送日那天，家人打着灯笼将先人灵魂送去坟地，又在坟前将灯笼烧毁。等到这一切结束，母亲还跪在坟前，秦望扯动她衣角，说自己想回家。这时候阿尾突然扇了他一个嘴巴，扇得很用力。阿尾说这个是我的母亲，又不是你的母亲，我们两人的母亲虽然长得很像，但我们又不是一个娘胎里生出来的。

说完阿尾突然又笑了，趴在地上差点笑出了眼泪。

秦望站在拥挤的人群中，身上沾满了浓烈的血腥味。他在想，当初要不是自己一个人过去凤凰城，那么此刻的浴池边，那些被野狗所分享的尸体，其中有一具就是他自己。

现在秦望让抱在怀里的公鸡回到地上，又给它喂食了一条肥美的蜈蚣。他跟公鸡说，天有不测风云，等你吃完了这顿点心，我们就离开九连城。说完秦望开始收拾行李，决定在暮色到来之前离开，那样他就能在夜晚时分到达朝鲜的义州，见到义州密铺中等待他的物见队同人。

秦望是在抱起公鸡就要转身离去的时候发现，温泉浴池的老板郑烟直，此时正悄无声息地站在他客房门口。这时候秦望站在那里并没有开口，一只手却已经摸向腰边的佩刀。此刻他有理由相信，郑烟直之所以能够找到这里，完全是因为牡丹。因为牡丹曾经帮助过一条鞭，帮他在城里四处寻找那匹瘸腿的骆驼。

但是秦望还是有点诧异，奇怪刚才郑烟直上楼的声音，自己竟然丝毫没有察觉，好像这人是从九连城的空中直接飘落了下来。

郑烟直也没有开口，什么都不说。他只是盯着秦望，以及秦望怀里的公鸡。然后他转身，静悄悄将房门掩上。

　　然而房门才关上一半，郑烟直就看见油漆光滑的门板上突然掠过一道闪亮的光，于是他身子一闪，十分轻易地躲过了秦望从身后削过来的刀。

　　郑烟直说做人要光明正大，你不应该偷袭。

　　说完郑烟直在秦望很喜欢的那条躺椅上坐下，很随意地掸了掸衣裳，看上去仪态端庄。这时候秦望的刀子再次砍来，郑烟直于是第一时间让身子躺下，躺下时目光悠远，盯准秦望手中的刀，抬腿一脚踢了过去。

　　秦望手中的刀子被踢飞，瞬间从公鸡头顶笔直掠过。最后刀尖嗖的一声，猛然扎进客房衣柜的柜门板，在那扇做工精良的松木板上不停地摇晃。

　　摇晃的刀子停息，郑烟直望向安静下来的刀柄，心事复杂地说了一句日语：

　　东边的太阳吞没朝霞，大明王朝的绵羊遍体金黄。

　　秦望顿时在绵密的声音中陷入战栗与迷茫。但他迅速让自己从犹疑中走出，声音尽量不显得惊慌，而且他还用清晰的汉语问：

　　你他妈的是谁？说的是什么鸟语？

　　郑烟直就也用汉语回答他。郑烟直说，你很快就会知道我是谁。

说完，郑烟直从怀里掏出一份带血的羽书，羽书展开，让秦望第一眼看见的，便是自己和一条鞭两人的头像。头像赫然醒目，虽然被许多残留的血迹所晕染，但是秦望依旧惊叹于画师的技艺，竟然能将自己和一条鞭描摹得如此栩栩如生。

秦望还没想明白羽书和头像的缘由，就听见郑烟直问他，金达莱在中国叫什么？

秦望怔了一下，立刻回答，金达莱在中国叫映山红。

除了映山红，它还有另外一个名字。

另外一个名字叫杜鹃。

秦望说完，眼睛一眨终于笑了。他看见郑烟直就那样毫无表情地盯着他，眼里似乎飘荡着一股烟。秦望于是即刻垂头，垂头时望向脚底下的地板，以显示出自己的卑微。

这回他是用恭敬的日语说：

原来前辈就是奉命蛰伏在九连城的杜鹃。时隔多年斗转星移，在下差点就把尊敬的杜鹃君给遗忘了。

郑烟直并没有露出应该有的笑容。

但是郑烟直说，听你的口音，你的家乡应该是在东山道的美浓。我记得那里有阿弥陀瀑布。瀑布落水轰鸣，四周风景如画。

41

日本天正十三年，也就是明朝万历十四年的八月，郑烟直携带一卷行李，迈入了位于平壤郊外的朝鲜司译院学堂。在学堂的记录档案里，郑烟直的家乡位于朝鲜南部庆尚道的蔚山，那一带面朝大海，百姓枕着涛声入眠。但是没有人知道，郑烟直其实是个如假包换的日本人，他深谙朝鲜语。郑烟直早年结识一位朋友，此人有远大的志向，早在天正五年就向当时尾张国的大名——织田信长将军献言：臣乃用朝鲜之兵，以入于明。合三国为一，是臣之宿志也。

许多年后，这个被人认为神经兮兮又一再夸下海口的朋友竟然摇身一变，成了日本国的关白。他原本叫秀吉，后来朝廷又赐给他一个姓氏叫丰臣，于是他就叫丰臣秀吉。丰臣秀吉羽翼渐丰，并且实力突飞猛涨，他像是神话一般，几乎统一了日本。有一天丰臣秀吉找到郑烟直，他说我们不能忘记更大的理想，我希望你去朝鲜司译院，学习汉语和蒙古语，从此改名为郑烟直。他还说你以后是我最重要的朋友，离开司译院后你会被派去明朝，跟家乡离得更加远，但是你为日本国效劳，我会在大海的东方一直想念你。

郑烟直启程离开日本的那天，丰臣秀吉路途奔波两个时辰为他送行。

那是一个细雨飘飞的日子，就在郑烟直即将登船时，秀吉十分郑重地送给他一把苦无，苦无上铭刻了一行字：东边的太阳吞没朝霞，大明王朝的绵羊遍体金黄。秀吉说我们的理想就在这行文字里，多年以后，明朝的羊群必将属于日本，我们将它牢牢地揽入怀中。

丰臣秀吉还说，在你之后，会有更多的日本青年前往朝鲜司译院，你不必知道他们是谁，但是以后只要见到同样的一把苦无，那么他们必定就是你志同道合又同甘共苦的战友。

雨丝翻卷，海风将秀吉的话语一字一句送到郑烟直耳里。丰臣秀吉最后意味深长地道，今后派往朝鲜司译院学习的勇士，都将被编入物见队的特别分队金达莱。因为你是金达莱分队的先行者，所以你拥有一个至高无上的代号，那个代号叫杜鹃。杜鹃就是金达莱。

郑烟直的回想短暂又漫长，犹如许多年挥之不去的浓烟。现在他觉得一切都无需隐瞒，所以就坦诚地告知秦望，一条鞭的假舆图是他所伪造，而且亲手塞入了那匹马的马鞍下，时间就在他回去当归客栈，在火场废墟中翻寻朵朵手串的那一刻。郑烟直说，像阿尾俊秀这样浮躁的男人，根本不应该出现在物见队金达莱分队，这种人早晚会是一个祸害，没有必要留下。

公鸡不由自主跳上秦望的怀里，两只眼睛胆战心惊，一直盯着滔滔不绝的郑烟直。郑烟直说如果没有一份舆图被搜出，秦望也不可能轻易离开九连城，因为陈集安不会善罢甘休，他势必会搜遍全城，搜索一条鞭曾经去过的每一个角落。

陈集安并没有你们想象的那么简单，明朝的军队也不是吃素的。郑烟直盯着秦望说，他们的谍情工作堪称一流，就像你现在看到的这份从前线送来的羽书，里头的信息周全而且精准，就连用来揭发你和阿尾俊秀的头像，也是画得如此逼真。

秦望听到这里不禁胆寒，他也是到了这时才明白，原来杀害定辽右卫守备林白山的人，就是此刻坐在他眼前的物见队前辈杜鹃。

那天在松花温泉，林白山先是提出借粮，然后被郑烟直以看似比较稳妥的方式予以拒绝，就此林白山愤怒，他想起一刻钟以前刚刚收到的前线信使送来的羽书，羽书不仅直言相告倭敌奸细可能已经进入九连城，甚至还提供了两名奸细头目的画像，以供他日后甄别。那时候林白山吼了一句，他说郑烟直你有没有脑子，人家倭寇物见队已经潜入九连城，你却还在为几粒粮食而推三阻四。

郑烟直听到这里心中咯噔了一下，心想林白山盛怒之下说漏嘴的这一句，其中所提到的物见队奸细，会不会就是跟他自己有关？难道他蛰伏九连城的信息已经败露？那一刻他当然想到了林白山刚刚收到的羽书，于是他就迅速决定，不能让林白山带着羽书回去定辽右卫营房，必须将一切可能存在的危机彻底扼杀在摇篮里。

林白山离开没多久，郑烟直从休憩楼二楼窗口翻出，为的是避开一楼浴客的视线。在肆城口胡同，他就要赶上林白山时，却引起了对方的警觉。此时林宅就在不远处，要是仓促下手，很可能会功亏一篑，于是他纵身跃上屋顶，想将林白山引到一个僻静的去处。不出郑烟直所料，身手了得的林白山此时也飞身上了屋顶。林白山见到屋顶的雪地上好像有人蹲在那里纹丝不动，只留给他一个模糊的背影。他试着靠近，却没有想到，此时一把锋利的苦无已经等候他多时……

现在郑烟直当着秦望的面点燃一根蜡烛，又将从林白山胸口搜出的那份羽书凑到火苗前。血迹斑斑的羽书开始燃烧，火苗妖娆，很快蔓延到了一条鞭和秦望两人的头像处。郑烟直看见一条鞭的整张脸因为遇见淡蓝色的火苗而卷曲，很快又被吞噬，化成一些飘飞的灰烬。他说一条鞭咎由自取，一切都是命中注定，如果没有我，他会提早成为飘荡在九连城夜空的亡魂。

夜幕就是在这时候降临。秦望认为郑烟直说的每一句，都让他和他的公鸡心有余悸。他也就此明白，郑烟直当初向陈集安指认一条鞭的马夫，目的只是为了误导陈集安深入险境，跟一条鞭之间互相残杀，那是一石二鸟的完美安排。

秦望望向夜色，似乎望见一条鞭在夜幕中远去的背影。他想一条鞭原本可能不会是这样的结局，一切都是因为牡丹，是他染指了杜鹃君也就是郑烟直在九连城的女人牡丹。但是秦望缓了一口气，心里又想，难道女人对郑烟直来说真的有那么重要？可以让他对自己的战友下手。毕竟，阿尾俊秀也就是一条鞭，是他秦望至亲的兄长。

三年前的四月，就在金达莱盛开的季节里，秦望和一条鞭同样是冒充了朝鲜人的身份，一起迈入了平壤司译院稍显陈旧的大门。两人的目的除了学习汉语，了解明朝的风土人情，还要打探朝鲜李氏王朝里一切与中日两国有关的情报。

四月里阳光温暖，兄弟两人一起走着。那年阿尾俊秀的嘴里嚼着一团刚刚摘下来的金达莱，金达莱鲜红的汁液从他嘴角流出，秦望似乎闻到一股淡淡的铁锈味，也或者是血腥味。他听见阿尾兄长声音沉缓地告诉他，在中国，金达莱是叫映山红。

兄长还说，告诉你一个秘密，就在眼前这所学堂，曾经有一位清瘦的学长是丰臣关白的旧友。学长喜欢下围棋，在物见队有个至高无上的代号叫杜鹃。杜鹃既是映山红的另外一个名字，还是一种鸟。

秦望问，那是什么样的鸟？

阿尾俊秀却答非所问，他说中国人有个词语跟杜鹃有关，叫杜鹃啼血，杜鹃啼叫的时候，嘴里会流下血，说明世上有些事情很冤。

42

陈集安和金人杰在到处寻找郑烟直，想要跟他核实一些信息。他们去过温泉浴池，也去了郑烟直家中，但是这两个地方都没有见到郑掌柜的身影。后来他们找来浴池休憩楼的修脚师傅，将一条鞭马夫的头颅摆在他眼前，问他林白山出事前的傍晚，此人有没有在浴池休憩楼出现过。

修脚师傅面对惨白干瘪的死人头吓得灵魂出窍。他神情恍惚语无伦次，最后跪在金人杰面前几乎当场晕厥。师傅说金副守备求你了，你知道的，浴池里的陌生浴客来自四面八方，每天都是层出不穷，我哪里能够记得那么多？

陈文仲后来发现了郑烟直的去处。

陈文仲带着一帮人赶到丹顶鹤粮行时，见到的是十分忙碌的景象。此时郑烟直连夜叫来一帮伙计，正在把堆积如山的粮库搬空，里面一袋一袋存粮搬出，接着又陆续装运上准备好的马车。郑烟直在现场忙得汗流浃背，他来不及跟后来赶到的金人杰和陈集安打招呼，只是不厌其烦提醒手下的伙计，装车的粮草一定要用桐油布裹盖严实，因为老天爷随时可能会下雪。

等到这一切安排停当，郑烟直擦去汗水苦涩地笑了。他跟金人杰说自己什么都想通了，只是后悔当初跟林白山守备为何要那样大动干戈，争吵到脸红耳赤。现在郑烟直决定了，要将库房里所有的粮食捐出，同云城征收过来的粮草一同送往朝鲜前线。

郑烟直还说，自己是朝鲜人，去平壤的路途比谁都熟，愿意给粮草队伍带路。

陈集安对此颇感意外，却依旧问他，林白山遇害当天，一条鞭的马夫究竟有没有出现在浴场？郑烟直忍不住笑了，他说我活了大半辈子，唯一感到自信的就是自己的眼力，就像围棋几百颗棋子，黑的不可能变成白，白的也永远是白。

月光清凉，映照着雪地，也同时映照郑烟直一张诚恳的脸。接下去郑烟直开始跟陈集安讲围棋的故事。郑烟直说安巡检，围棋的历史令人着迷，据说很久以前浙西衢州府的烂柯山，当地有个樵夫名叫王质，有天上山砍柴时遇见两位仙人在下棋。王质一直观棋，砍柴的斧头搁在身边，后来也不知道时间过了多久，总之等到仙人的棋局结束，他才发现那把斧头的木柄已经腐烂得一塌糊涂……

陈集安在郑烟直绵长的声音里望向库房，烛光火红，粮库因为粮草搬运而升腾起细密的灰尘，地上还偶尔奔跑过一只肥硕的老鼠。这时候刘破问满脸惊慌地赶到，刘破问说牡丹出事了。陈集安说出什么事了？郑烟直笑了一下说，牡丹这女人疯了，因为她女儿朵朵死了。刘破问却摇头，说不是的，牡丹死了。

刘破问刚才和赵小花路过当归客栈，发现客栈废墟残留的灶房里，牡丹已经被人用掺了老鼠药的毒酒给毒死。赵小花向伙计打听，这事情谁干的？伙计说刚才跟牡丹一起喝酒的人怀抱一只公鸡，牡丹喝完酒就死了，那人离开时牵了一匹瘸腿的骆驼。

陈集安问赵小花呢？

刘破问说他去追赶那匹瘸腿的骆驼了，让我回来给你报信。

陈集安和金人杰即刻从粮行冲出。郑烟直眼看着那么多人的背影很快消失，终于缓了一口气。这时候他心安理得坐下，开始有条不紊地搓一根马缰。他觉得既然要陪陈集安去朝鲜，那就有必要为自己的马准备一根结实的马缰。他那匹马原来叫沙漠，因为陈集安的关系，现在已经正式改名为二丹东。

郑烟直一边搓马缰一边想，自己在九连城待了这么多年，现在终于要离开了，却是以一种意想不到的方式。郑烟直不会忘记，他初次过来九连城的那一年，天空连着下了两个月的雨，以至于瑷河河水猛涨，自己过江时差点掉进水里淹死。

现在郑烟直知道，陈集安已经对他有所怀疑，只是难以拿出实质性的证据。事实上他之前最为担心的时刻，是在杀害林白山的当晚，就在陈文仲上门找他去定辽右卫营房问话的时候。那时候郑烟直有点心虚，所以试探性地问了一句，问陈文仲自己可不可以骑马？陈文仲对此没有反对，郑烟直于是吃下一颗定心丸，他跟自己说，去吧，去探探虚实，不然怎么知道接下去的一步棋该怎么走？

秦望刚才用老鼠药毒死牡丹，也是郑烟直的主意，目的是为了切断不必要的麻烦，并且转移走陈集安对他的注意力。老鼠药名叫"断肠"，是郑烟直用来对付粮库里那些可恨的硕鼠的，那些尖嘴猴腮的家伙，总是偷吃他的粮食。

但是郑烟直一直还在考虑另外一个问题，就是一条鞭和秦望过来九连城，为何之前没有人跟他联系？他认为这事情做得有点过分，自己在九连城扎根这么多年并不是碌碌无为，难道物见队竟然已经把他给遗忘？他想哪怕是在九连城栽下一棵树，种树的人也应该偶尔惦记一下这棵树。

郑烟直继续搓他的马缰。马缰在他手里不断延长，他偶尔望一眼正在装车的粮草，觉得接下去自己有必要擦亮一下杜鹃的名号。不然今后的物见队都会以为，杜鹃只是一个虚无缥缈的传说。

43

赵小花扬鞭策马一路飞奔，到达城门口时，许大拿告诉他那匹瘸腿骆驼刚才是左拐，去了朝鲜义州的方向。

赵小花马不停蹄继续追赶，眼里洒满寒凉的月光。在瑷河边，他依稀看见那匹孤单的骆驼，就拴在一棵歪脖子树旁，于是他从马背上跳下，拔刀渐渐向骆驼靠近。苍老的骆驼眼见着刀光逼近，忍不住在喉咙底鸣叫了一声，嗓音是那种尖细的沙哑。

陈集安和金人杰他们赶到时，赵小花已经从捆绑在骆驼背上的行李中搜出一双鞋子。那是一双很常见的布鞋，鞋面上有着纷乱的血迹，血迹泛黑，已然干裂。此时所有人都认为，刚刚潜逃的男人就是杀害林白山的凶手，陈集安决定继续追往朝鲜，但是这时候冰冻的嫒河河面上却突然奔跑过来一匹马。那匹马风驰电掣，奔到金人杰面前时猛地停住，驾驭它的是前线过来负责催粮的传令兵，金人杰叫他催粮官。

催粮官俯身在马背上大口喘气，月光映照着他萎靡的脸。长途跋涉让他声音极其虚弱，他盯着金人杰迷迷糊糊道，金天赐将军有令，让之前去往云城的运粮队必须昼夜赶路，七天内到达朝鲜前线。

金天赐就是金人杰的父亲，他是辽东铁骑军的游击将军。金人杰说，父亲为何催得这么急？此时催粮官奄奄一息，他说明军已经饿死官兵无数，七天内要是粮草不到，负责此次押运的粮草官将被问斩。说完催粮官无力地从马背上滚下，连日的饥饿与劳累，让他在任务达成时当场死亡。

陈集安望向冰封的河面，顿时觉得心里很空。

陈集安不会忘记，作为云城巡检司的巡检，此刻他就是押运二十车粮草的粮草官。二十车粮草是前线将士的生命，金天赐将军在朝鲜望眼欲穿。

44

万历二十一年元月十九，曙光尚未出现，由陈集安和范石器率领的云城粮草队伍就要在九连城出发。

那是一个灰蒙蒙的清晨，各路人马相继赶到城门前集合。粮车排成一条弯弯曲曲的线，金人杰为此给陈集安派了三十名定辽右卫兵勇。此外，押运粮草的还有赵小花以及王芙蓉。

不到一刻钟，郑烟直和他安排的粮车也来到陈集安眼前。

郑烟直牵着那匹名叫二丹东的马，可能是因为冷，他一路走来都在不停活动筋骨，视线被自己哈出的热气所缠绕。郑烟直说岁月不饶人，此刻自己竟然十分想念远在朝鲜蔚山的家人。

郑烟直一身朝鲜衣装，在背上绑了一只杏黄色的布袋。走去城门口时，他将布袋解下，从里头掏出一尊白瓷佛像。陈集安记得，这尊佛像原本是摆在浴池休憩楼的棋桌上，据说产自福建德化。

雍容的佛像摆在昏暗的雪地上，郑烟直点了三根香跪拜，祈祷粮草队一路平安。此时那匹马也跟着一起跪下，望向佛像时目光虔诚。这让陈集安想起，三天前的夜晚，郑烟直在温泉浴池祭奠林白山时，马也是如此望向插在雪地上的香。

刘破问跟林依兰一起为粮草队送行，昨晚金人杰已经答应他，不用再去前线充军。现在王芙蓉踢了刘破问一脚，王芙蓉说你小子不用再去前线送死，祝愿你寿比南山。刘破问脑袋一扭，王芙蓉什么意思，是不是以为我怕死？王芙蓉说，你哪里会怕死，你只会担心凶多吉少。

刘破问越听越觉得心里很堵，于是吼了一声道：老子现在决定了，老子也要跟你们一起去朝鲜，干他姥姥的倭寇。

金人杰跟陈集安说，回来我等你喝酒，一路顺风。

陈集安于是笑了。陈集安说，估计金副守备酒量不行，可能不是我对手。这时候金人杰也笑了。金人杰说，是不是对手，只有交过手才知道。

林依兰站在一旁，眼看着这两个男人从敌人变成了兄弟般的战友。此时她抬头望向城门外，发现晨雾正慢慢收起，白雪覆盖的原野，此时正渐渐变得清晰。

林依兰觉得吹到眼前的风不再寒冷，她在心里说，陈集安，保重。

陈集安走了，粮草队也走了，几十辆马车，在茫茫的原野上颠簸。

这天的后来，林依兰和金人杰走在回去肆城口胡同的路上。

两人走了一段路，金人杰小心翼翼扶着林依兰上马，感觉林依兰的身子又重了。他笑着问林依兰，我什么时候才能见到自己的儿子？林依兰说，那要问你的儿子。

金人杰就牵着马，路上跟林依兰说起怎么补身子，以后又怎么养儿子。他还跟许多九连城人主动打招呼。他想让更多的人看见，他跟林依兰夫妻两人有说有笑，什么事情都过去了。

马经过郑烟直家的门口，刚出现不久的阳光又被一片云盖住。此时林依兰觉得背后又有一双目光，仿佛藏在哪个角落里向她凝望。

林依兰让马停下，有时候她相信自己说不清楚的直觉。她像是自言自语，却是跟金人杰说，你认为杀害父亲的凶手，是个骑了瘸腿骆驼的人？

金人杰说你觉得有问题吗？林依兰愣在那里。林依兰说，可是我连这人的脸都没有见过。

关于那匹瘸腿骆驼，金人杰很快就追查到了蓝月亮客栈。他从客栈主人那里了解到，骆驼的主人叫秦望，那人是在前天上午入住的客栈。金人杰一听就蒙了，即刻又赶回去城门。他翻阅许大拿登记的入城记录，发现有个名叫秦望的人，的确是在前天，也就是元月十七日的上午进入了九连城。那时候城门也的确打开过一阵子。

金人杰脑袋里嗡了一下，声音在持续回响，让他感觉深刻的不安。金人杰怎么可能忘记，岳父林白山的遇害时间，是在元月十六日的夜晚。可是，那时候秦望根本不在九连城。

金人杰噌的一声上马，火速向陈集安的粮草队伍追去。那一刻林依兰独自留在城门前，感觉身边再次空空荡荡。

风在耳边盘旋，林依兰陷入又一场提心吊胆。

45

离开九连城后，刘破问一直跟在郑烟直身旁，一路上不停赞扬他那匹名叫二丹东的马。刘破问称赞二丹东体形彪悍品种优良，还是一匹非常懂事的马，懂事到会跟随主人一起拜佛。

刘破问说郑掌柜，你可能已经听说过了有关丹东的故事，丹东是一条狗，那是我们云城县最优秀的狗，可惜它死了，就是因为该死的一条鞭。

郑烟直没有心思闲扯，也不想把时间浪费在刘破问身上。他让刘破问去帮忙推一下粮车，免得粮车陷进雪地里。刘破问就笑了一下说好的，但他又说，郑掌柜捐出了这么多粮草，此去平壤的路上，我一定要把你服侍得跟自己的亲爹一样。

刘破问眼看着郑烟直独自走远，却依旧目不转睛盯住他。刚才离开九连城，陈集安就暗地里叮嘱，要刘破问注意观察郑烟直的动向，有什么异常及时通报。刘破问现在变得聪明了。刘破问想，他娘的，原来这姓郑的老家伙有猫腻。

现在郑烟直走在队伍最前面，所以他很快望见了远处的瑷河，冰封的河面在阳光下闪耀着炫目的光芒。郑烟直昨晚已经跟秦望商量好，既要瞒天过海带走舆图，也要想办法一起劫走粮草。那时候秦望告诉他，物见队在义州设有谍情密铺，里头有充足的人手。郑烟直心想这样最好，既然秦望会在义州等他，那秦望就不会带上舆图独自呈交给朝鲜前线的小西行长将军。到手的舆图有他郑烟直的一份，他需要借此向丰臣秀吉证明，曾经的杜鹃还是杜鹃，自己并不是一枚可有可无的棋子，更不应该被遗忘。

粮草队踏上冰冻的瑷河之前，陈集安和范石器从马背上跳下，期待粮草车安全过河。为了不让马蹄打滑，也避免局部河面承受过多的重压，之前范石器让兵勇们带上了许多木板。木板在河面上一块一块铺开，等到马蹄和车轮经过，又将后面的木板搬运到前面，如此循环往复，粮车过河需要很长一段时间。

陈集安站在冰河上，听见沉重的粮车开始碾压上木板，木板在车轮下吱呀作响，不免让人有点心慌。

意想不到的事情发生在两刻钟以后，那是一场蓄谋已久的灾难。

那天当十多辆粮草车行进到冰河中央时，河岸对面突然射出许多密集的箭。箭阵带着燃烧的火球飞来，不仅射向陈集安和范石器，还射向众多的粮车。一时之间许多兵勇中箭倒下，与此同时，被射中的粮草也开始燃烧。

火光映照冰封的河面，追赶过来的金人杰远远地看见了那一幕。他看见陈集安从马背上跃出，一次次飞舞在空中。陈集安的刀子在周身挥舞，试图阻挡河岸对面一再射过来的火球箭。另外一边，范石器和赵小花正在手忙脚乱给燃烧的粮草扑火，但是面对眼前的凶光乍现，粮草队所有的马都慌了。马在朝天哀鸣，拖着粮车左冲右突，河面上于是响起冰层破裂的声音，声音惊心动魄。

此时郑烟直觉得无需再等待了。郑烟直看见陈集安冲出箭阵，一路冲向河的对岸，直接挥刀砍向秦望身边负责射箭的物见队人员，于是郑烟直也策马奔去，想要直接杀向陈集安。然而郑烟直没有想到的是，此时在他身后，突然出现的金人杰竟然迅速缠住他，刀子也第一时间向他削了过来。

郑烟直回头，他觉得是摊牌的时候了。他说金副守备，你是过来找死。

陈集安的刀子在呼啸，每一刀砍下去都有所斩获，物见队的血在他周身飞溅，他也在血光中见到了秦望，那人的肩膀上站着一只自豪的公鸡。他想直接将秦望拿下，却看见秦望朝远处扑火的范石器射出一支箭，范石器虽然没有中箭，但是身上已经着火，他的身影在燃烧的火光中扭曲变形，整个人成了火焰的一部分。

陈集安继续砍杀，刀子挥舞得热烈，刀柄在他手上震荡。此时金人杰已经从马背上跳下，跟郑烟直杀成了一团。但是金人杰毕竟不是郑烟直的对手，所以当郑烟直凌空一腿向他踢去时，他在冰面上滑了一跤，整个人跌倒。此时金人杰双手支撑冰面正要迅速站起，却没想到郑烟直的刀子比他还快，已经在顷刻间赶到……

金人杰只是听见咔嚓一声，就看见喷溅出来的一团血。血纷纷扬扬，在透明的冰面上闪现一场鲜红的倒影，但是金人杰看见，那场倒影的中间，是他已然被砍断的一片手掌。金人杰无比诧异着盯向自己被切断的手腕，也见到自己遗留在河面上的那片手掌，正在冰冻河面上的血泊中滑行，以一种缓慢的速度滑行。

这时候金人杰还没有感觉到疼痛，他只是觉得不可思议，自己原本好好的一条右手臂，到了现在怎么就仅仅剩下了一截血淋淋的胳膊？

陈集安的眼里都是金人杰的血，那一刻他彻底蒙了。他看见那片慢吞吞滑行在血泊中的手掌，瞬间感觉眼前的整个世界都在打滑。此时陈集安什么也听不见，脑子里嘤嘤嗡嗡一大片。他决定在厮杀的人群中放弃秦望，然而他惊魂未定迷迷糊糊正要向金人杰奔去时，却猛然听见身后响起嗖的一声，然后感觉肩膀上一阵突如其来的疼痛，接着就是一股钻心的冰凉。

陈集安很清楚，自己已经中箭。

肆　朝鮮

1

粮草在燃烧，火焰升腾。风将火焰吹得更旺，此时冰冻三尺的江面，早就映照成一片火红。

河岸对面被陈集安踩踏在脚下的冰雪，已经属于异国他乡的朝鲜。此刻金人杰在地上勉为其难挣扎，陈集安强忍疼痛不顾一切冲到他跟前，面对杀气腾腾的郑烟直，陈集安愤怒的刀子挥舞成前所未有的狂乱。

郑烟直丝毫不想退让，反而还是步步紧逼。早在少年时代，郑烟直就沉迷于刀术，堪称日本刀圣的上泉信纲，由此人独创的新阴流刀术，是郑烟直最爱的刀法。上泉信纲强调：斩即一切，生存的法则就是在被斩之前斩杀对手。

现在郑烟直凝神定气。他很清楚，有躺在地上的金人杰的牵绊，陈集安势必会分心。所以他先后使出新阴流刀术中的半月斩及云切刀法，想趁机置陈集安于死地。但是郑烟直没有想到的是，此时范石器和赵小花已经将燃烧的粮草交给定辽右卫兵勇去扑灭，两人各自举刀，很快就从他背后杀了过来。

陈集安抓住机会背起金人杰，叫他把眼睛睁开。金人杰趴在陈集安背上，看见依旧插在那里的一根箭，也看见许多倭谍正虎视眈眈朝这边奔来。金人杰说陈集安，你能冲得出去吗？陈集安却猛地出刀，刀子扎中迎面而来的第一名倭谍，刀锋又瞬间从对方胸膛里拔出。血喷到陈集安脸上，模糊了陈集安的视线，但他跟金人杰说，放心，咱们一下子还死不了。

疼痛和失血让金人杰神志不清。在陷入昏迷之前，他好不容易笑了一下，声音虚弱地说，陈集安，你一直这么勇敢，是不是因为林依兰？

陈文仲是在一刻钟以后赶到，催他过来的人就是林依兰。陈文仲带了几十名兵勇，在很远的地方就看见升腾起的浓烟。现在当他的人马厮杀进充斥了火光与血光的江面时，郑烟直和秦望就觉得不能再恋战，于是一伙人即刻作鸟兽散，向着远处的义州城撤离。

那天陈集安把昏迷中的金人杰交给陈文仲，又狠狠拔下插在自己肩膀上的箭。铁箭头插得并不是很深，但是依旧带出一片血肉淋漓。陈集安倒抽一口冷气，跨上马背的时候他心里只有一个念头：追上郑烟直，去把这人剁碎！

这天林依兰一直站在九连城的城头谯楼上，她望见从叆河方向吹过来的浓烟，即刻就让许大拿给她牵来一匹马。她上马奔出城门，很快见到迎面赶来的陈文仲。陈文仲在马背上火急火燎，一只手死死护住趴在他身前的金人杰。马背上金人杰的血流出，洒落在沿途，跟脏乱的雪混合在一起。

林依兰怔住，陈文仲的马跑得那么快，她看不清楚受伤的人是谁。但她听见陈文仲的叫喊声带着哭腔。陈文仲大喊：嫂子你不要过来，嫂子你快让开。

陈文仲冲进城门，顷刻间泪眼模糊。刚才在叆河河面上，他没能找回金人杰那片被切断的手掌。

2

义州古城是一座半月形的城池，城墙由纵横交错的石头筑成。

据《东国舆地胜览》记载，此城曾于明朝正德十五年扩建，四面各开一城门，门外建有瓮门，城内有一水池，以及四十三口水井。一年前的万历二十年六月，当倭军入侵朝鲜时，国王李昖从王京汉城出逃，逃到这里避难。李昖诚惶诚恐，后来在义州城派出使者，向明朝万历皇帝求救。

　　陈集安和范石器他们冲进西城口的瓮门，见到的是跟九连城截然不同的一派荒凉。历经半年时间的战火，如今的义州城已经哀鸿遍野，四处凋零。因为缺粮以及征兵，城里没有半点烟火的气息，饥饿的老人和妇女孩童蹲坐在街头，目光充斥着死亡的阴影。

　　陈集安挥动马鞭，直接奔去正南边的城门，那是通往平壤前线的必经之地。路上枣红马听见主人急促的呼吸，它迅速冲进城门，很快将高耸的城墙甩在了身后。然而此时的陈集安却猛地勒紧马缰，于是正在飞奔的马瞬间高昂起头颅，抬起双腿惊恐地嘶鸣了一声。

　　陈集安下马，仔细查看眼前的雪地，并没有发现新鲜马蹄的痕迹。范石器和定辽右卫兵勇随后赶到，经过一番打听，此前的确没有人马从城门下经过，那么说明郑烟直和秦望他们，此时还留在义州城中。

　　傍晚很快到来，陈集安让两名兵勇负责留守城门，剩下的所有人相继散开，开始搜寻郑烟直和秦望的去向。然而一行人在城里反复搜索了两个时辰，还是没有任何头绪。是继续搜捕，还是带上整理好的粮车即刻出发去平壤，陈集安和范石器陷入两难。

月光从朝鲜的树梢洒下，散落在朝鲜的雪地上。陈集安在夜色中望向九连城的方向，最终决定在义州城留下，等待黎明的到来。

范石器望向粮草说，你需要给我一个理由。

陈集安想了想，说，可能你很快就会知道理由。

3

此时的郑烟直，正坐在一个火炉旁，陪伴他的除了秦望，还有物见队剩余下来的十多位人员。

物见队密铺设在义州城南一家药材铺里，药材铺有一间库房，位置十分隐秘，没有人知道有那么一个去处。刚才秦望让人乔装打扮出去查看了一番，发现许多路口都有来自九连城的兵勇蹲守，所以郑烟直也决定，暂时暗伏不动。

门咯吱一声响了一下，门板被轻微地推开。郑烟直转头，看见把脑袋伸进来的，原来是自己的那匹马。马用空洞的目光望向他，随即垂头站在那里，甩了甩尾巴。此时秦望的那只公鸡把耷拉的眼皮睁开，它原本已经入睡，现在很不情愿地将小小的脑袋抬起。它似乎想了想，然后就朝那匹陌生的马走去。

郑烟直把乌黑的朝鲜帽子摘下，沉吟片刻道，我怕我们走不了。

秦望正面对燃烧的火炉发呆，他说，前辈的意思是……

郑烟直拨动了一下火炉，好让火烧得更旺。他想了一阵说，朝鲜的地界我比你熟悉，要不我先走，带上你和阿尾俊秀的舆图。

秦望很长时间没有回答，只是在聆听木柴燃烧的声音。后来他说，阿尾俊秀把舆图交给我，他让我亲手交给小西行长将军。又说，其实阿尾是我兄长，他母亲跟我母亲是孪生姐妹。

郑烟直听到这里便不再言语。他拍了拍秦望的肩膀，说，节哀。

后来郑烟直一个人走去院子，独自在夜色下练习他的新阴流刀术。秦望却在过了一阵子发现，自己的公鸡站在郑烟直的马身边，正在摇头晃脑，反复盯着地上刚刚出现的几滴血。秦望走过去一看，发现血是来自挂在马脖子上的一只杏黄色的布袋。他把布袋解开，见到的是一尊白瓷佛像。佛像面露微笑，右手兰花指捏了一枚浑圆的佛珠。然而秦望没有想到，他接下去从布袋里掏出来的，竟然是一片血肉模糊的手掌。

金人杰被斩断的手掌是被郑烟直带走，因为房里燃烧的火炉，之前冰冻住的血渐渐化开，滴落在地上。现在郑烟直从院子里走回，他把刀子收起，正好见到了愣在那里心有余悸的秦望。郑烟直笑了笑，把血肉模糊的手掌重新塞回去布袋。他感叹自己在九连城待了这么多年，最后能够带走当作留念的，居然是这么一片手掌。

郑烟直背对着秦望说，我在九连城本来是有一个女儿的，名叫朵朵，我原本以为可以带上朵朵回去日本，但是没想到朵朵不在了，朵朵是被一场大火给带走的。

此时秦望望向郑烟直的背影。秦望说，前辈，请节哀。

4

陈集安所等待的黎明终将到来。

寅正二刻，当陈集安和范石器带队冲进位于义州城南的物见队密铺时，秦望那只勤奋的公鸡正在开始第三轮打鸣。公鸡声震四方，以一种高昂的姿态站在院子里一只硕大的泡菜缸上，向义州城宣布拂晓的到来。但是公鸡不会知道，陈集安之所以留在义州城，其实就是在等待它的报晓。

陈集安之前一直在惦记秦望的那只公鸡。他认为整座荒凉的义州城，百姓食不果腹，此时估计不会再有第二只侥幸存活的公鸡，更何况那只公鸡还跟秦望如影随形。

在听见门板被撞碎以后，密铺里的物见队成员匆忙拔刀。刀光逼近，他们想不明白到底是什么原因，会让九连城这些杀气冲天的男人在顷刻之间出现在眼前。

陈集安和范石器的厮杀可谓摧枯拉朽，那天赵小花和王芙蓉还没怎么动手，就见到很多尸首已经横七竖八躺在了他们脚下。

那是一场速战速决的战斗，然而现场经过一番清点，谁也没有在死人堆里见到郑烟直和秦望。那间隐蔽的库房很快被刘破问发现。陈集安一脚将紧闭的门板踹开，看见里头的火炉渐已熄灭。火炉边坐着一个安静的男人，男人耷拉着脑袋，许多血液从他脖子上流出，以涓涓细流的方式。他看上去是那样疲惫，好像在回忆生命里的最后时刻，赫然出现的那场凶杀。

死者是秦望，胸前的衣裳被剥开。他夹袄中那只缝死的口袋被撕裂，露出几根断裂的线头，以及一个敞开的口子，口袋里头却什么都没有留下。

舆图已经被人夺走。这时候赵小花搜遍了整个药铺，不仅没有见到郑烟直，也没有发现郑烟直的那匹马。

刘破问失望至极，他走去秦望的那只公鸡前，决定把公鸡给宰了，宰了以后放在火里烤。但是公鸡对他怒目瞪视。公鸡上前一步，脖子上的鸡毛纷纷竖了起来。

5

万历二十一年元月二十日的清晨，陈集安和王芙蓉以及刘破问三人，在清点了粮草车和随行的兵勇后，迎着义州城突如其来的一场雨出发了。

在此之前，范石器和赵小花已经提前上路，希望能追赶上逃离的郑烟直。

郑烟直离开义州，整整比范石器早了一个时辰。

陈集安他们冲进密铺时，郑烟直和他的马正躲藏在附近一个茅房里。茅房臭气熏天，郑烟直只能忍着。后来郑烟直听见厮杀声四起，于是就捏了捏鼻子，把挎在背上的那只杏黄色的布袋扎紧，他牵着那匹马小心翼翼离开茅房，随即就跳上马背，火速向南边的方向奔去。

此刻郑烟直的行囊里，已经多出了两份舆图。其中一份来自云城，另外一份来自凤凰城，分别由一条鞭和秦望所盗取。郑烟直有充分的把握，认为在到达前线之前，陈集安和范石器不可能追赶上他。几年前在平壤司译院的经历，让他十分熟悉沿途的路况。他知道这一路上除了现成的官道，其实有许多不被察觉的小道，那些小道路途更短，而且不容易被人发现。

按照郑烟直的估算，不出意料的话，他会在元月二十三日到达平壤。那么接下去他要面对的问题，就是如何越过明军和朝鲜军双方的防线，到达近在咫尺的对面的日军总部。想到这里郑烟直就觉得，一条鞭当初想带上粮草送去日军总部，无疑是一个十分荒唐的想法。

郑烟直想，除非一条鞭能扛着粮草飞过去。

一场雨水让沿途道路变得十分泥泞。离开义州城没多久，陈集安就下马，跟着赵小花一起推车。道路狭窄，又是坑洼不平，其中有几辆粮车陷入了泥坑。泥坑原本看上去并不深，因为上面覆盖了蓬松的雪，可是等到车轮经过，很多雪顷刻间塌陷，于是车轮打滑，越陷越深。

马在前面拉车，眼看着车轮就要离开深坑，但这时候推车的力量一下子没跟上，于是整辆车又哗啦一下退了回来。马缰猛地勒紧，马在雪地上惊叫了一声。

刘破问在安抚心思不定的马。此时他已经被雨水浇湿，身子冷得发抖。他望向前方白茫茫一片的原野，不知道这一路上到底还要走多久。又一辆粮车推出泥坑的时候，刘破问走去王芙蓉身边。刘破问不禁抱怨，他想不明白，万历皇帝为何要让大明王朝的军队跑这么远的路去打仗。刘破问说，更加离谱的是那些该死的朝鲜人，我们帮他打仗就算了，他们还要让我们自己带粮。

王芙蓉擦去满脸的泥浆，泥浆是推车时溅到脸上的，王芙蓉说，刘破问你可以跑去京城一趟，问问皇帝到底是怎么想的。

刘破问就笑了。刘破问说老子现在要去前线参战，老子还要给前线运粮，你说我哪里还有时间去京城？

但是刘破问话还没说完，却听见身后突然响起嘭的一声。他急忙转头望去，才发现是陈集安他们在推行一辆陷入泥坑的粮车时，不争气的车辖辘忽然折断了。于是粮车倒下，众多粮草也滚落在了泥泞的雪地上。

刘破问想，倒霉的事情还真多。

6

范石器和赵小花到达平壤城外，是在元月二十四日中午，那时候天空出现难得的阳光。

半个多月前的那个凌晨，范石器和丁生金以及赵小花三人，奉李如松总兵之命秘密离开了平壤。范石器至今记得，那天领受任务之前，李总兵盯着他看了很久，最后说：胡子拉碴，换个地方说话。

现在范石器坐在马背上，远远望向稀薄阳光下被烧成一片焦黑的城门，以及城墙上到处可见的经历枪炮和刀剑的洞眼，顿时感觉恍若隔世。

战争之惨烈，可想而知。

两人是从城北的密台门进入平壤，进城之前，范石器找了一块破布扎上额头，将云城监狱留给他的逃兵烙印给盖住。街道崎岖不平，时常会见到沮丧的伤兵，说的都是汉语。范石器后来知道，平壤城的收复其实就在元月八号，也就是他离开的那一天。那天明军从多个方向攻城，势如破竹。为了避免狗急跳墙的日军在最后一刻拼尽全力冲个鱼死网破，明军采取围三缺一的战术，特意留下东南方向的城门供其逃窜。然而日军将领小西行长不会知道，当他们渡过大同江顺利向王京汉城退却时，沿途早有李如松总兵布下的伏军等候在那里。

此刻的平壤一片狼藉，到处都遗留着战火与硝烟的气息。范石器在城里找了很久，也没有找到自己当初所在的辽东铁骑第五营，更别说率领铁骑军的将军查大受。城里并没有像样的部队，留下来的都是在后方养伤的官兵。因为极度缺粮，据说明军饿死的人员每天都在大量增加，而且部队的战马也遭受了一场可怕的瘟疫，至今倒下的有几千匹。

范石器同时在城里打听。他向许多伤兵打听郑烟直的消息：那人从北边过来，朝鲜人装扮，背了一个杏黄色的布袋……那人骑的马全身毛色棕黄，只在额头处有一圈白色，马的名字叫二丹东……

时间过了一个时辰，前往城西打听的赵小花急匆匆赶回。根据来自保定的一位只剩一条腿的步兵回忆，他曾经在昨晚见到过郑烟直。那时候郑烟直正在一个破败的屋檐下搓马缰，可能是来的路上赶得太急，之前的马缰被他扯断了。保定步兵还告诉赵小花，郑烟直离开之前，曾经从布袋里掏出一尊佛像，跟他那匹马一起跪拜。

步兵问他祈求什么，郑烟直笑了笑说，希望能顺利越过开城，回去他老家蔚山，蔚山是一座位于海边的城市，坐落在南部的庆尚道。

范石器问，为什么会是越过开城？

赵小花说那是明军的新一轮防线，李如松总兵和查大受将军都在那里，他们意欲乘胜追击，收复南边的王京汉城。

范石器听到这里就说上马！

7

三天后的元月二十七日，位于开城郊外的明军前线总部营房，五十五岁的金天赐将军坐立不安。

金将军很憔悴，昨晚他基本没有睡觉，冬季里十分反常的燥热，还让他出了一身汗。金将军无法入眠，是因为眼下这场没完没了的战争。关于战争，他在担心很多事情，但是没有一件事情能够让他理得出清晰的头绪。他觉得所有的一切都很乱。

金天赐是林白山曾经的战友，也是金人杰的父亲。在侍从官的眼里，这天上午令金将军最为焦躁的，还是那个派去云城运粮的矮个子粮草官罗啸天。罗啸天去了那么久，竟然至今还是没有见到半个影子。

营房里饿死的官兵已经堆尸如山，金天赐刚才算了一下，哪怕是后来负责回国催粮的传令兵，此时都已经出发了十多天。

该死的东西！金天赐透过窗口望向烟雾迷蒙的北方，他跟身后的侍从官说，罗啸天的脑袋，我是不可能再给他保留了。

开城是朝鲜京畿道北部的一座重要城池，此去往南只需越过几十里地，就是朝鲜国曾经的心脏——李氏王朝的王京汉城。曾经恢弘的宫殿，曾经繁荣的街市。然而，仗打到现在，如今的王京汉城依旧还在倭军的手里。

金天赐不会忘记，就在三天前，朝鲜哨探还为明军送来一条消息，消息称倭贼已退，王京已空。就此，李如松总兵当即派遣副总兵查大受将军率领五百余骑南下，前往汉城探查虚实。查大受走后，留在开城的李如松一直惴惴不安，恐有不测。果然，后来的事实证明，朝鲜哨探的消息根本就是胡扯，完全不准确。在王京以北的昌陵附近，查大受部就与一股倭军相遇，好在此战大捷，李如松也就此缓了一口气。

时间到了昨天，李如松总兵又开始担心，他担心查大受的铁骑军会乘胜追击轻敌冒进，反倒有可能被城里冲出的大队倭军所剿杀。于是经过一番思虑，李如松决定，由自己和副总兵祖承训率领第二梯队总共三千官兵，即刻向查大受部靠近。除此之外，李如松又安排留守开城的副将杨元、李如柏和张世爵等，率领两千将士殿后，晚他几个时辰后出发，以在遭遇不测时充当第三梯队援军。

很快，所有的将领都在不同的时间里，带上精壮力量一批一批离开。金天赐后来一个人待在指挥营房，每次看见人员开拔，就觉得心里很空。他知道离开他的不仅仅是能征善战的精兵强将，似乎还有李如松总兵对他的信任。

此刻的指挥营房外，散落着剩余下来的一批老弱病残。金天赐放眼望去，看见他们一个个苟延残喘，简直是不堪一击。

灰蒙蒙的天空并没有明亮起来，缺乏睡眠的金天赐也是昏昏沉沉。他想李如松作出这样的决定，把他晾在了无生机的开城，凭什么？

事实上金天赐也不是没有答案，二十天前，当明军攻占平壤时，唯有他负责的攻击西城门的战役缩手缩脚，以至于差点就让全军丧失了绝好的战机。但是金天赐想，李如松当初分派给他的力量，本身就显得那么弱小，这是所有部队将领都心知肚明的。

阳光还是没有在上午时分出现，冬日的开城郊外，天空反而显得更加阴沉，空气中又比较燥热。这时候卫兵来报，之前羁押在营房外的几十名逃兵，趁着这两天看守力量薄弱，纷纷串通好了想要策划一起逃亡。金天赐从鼻子里头喷出一股浊气，声音很沉郁。

金天赐说可以的，我等下就亲自送他们上路。

范石器是在一刻钟以后十分莽撞地冲入了金天赐的指挥营房。在此之前，他同眼前的金天赐将军根本不认识。

范石器说，将军，我找李如松总兵。

金天赐抬头，用十分愠怒的目光盯向范石器。他说哪里来的猴子？即刻给我出去。

范石器站在那里不动。又说，在下找李如松总兵，有急事，在下是辽东铁骑第五营的骑兵。

你的破事会有多着急？我再说一次，出去！

事关倭军的奸细。范石器稳稳地回答。

范石器又说，此事十万火急，倭军奸细可能就在开城。另外，金将军派去云城运粮的罗啸天，已经被倭军物见队所暗杀，但是所有的粮草现在都在我们手里，可惜这一切在下来不及跟你解释。

金天赐目光一闪，整个人愣了一下，然后他垂头凝神走去范石器的身边。他站在那里很长时间不吭声，却突然伸手，非常凶猛地揭开扎在范石器额头的那块破布。

风从窗口钻进，金天赐望向范石器原形毕露的额头，盯着那块已经结痂的暗红色的逃兵烙印，像是盯着一名终于露出马脚的倭军奸细。

在卫兵冲进之前，暴躁的金天赐已经拔刀，刀子指向范石器的额头。

金天赐对范石器冷冷地笑了一下，接着就说好一个第五营的逃兵，来不及解释就不用解释。但你最好现在就告诉我，我那些粮草究竟被你送去了哪里？为什么会在你的手里？

8

那天赵小花绝对没有想到，他之前跟范石器快马加鞭拼死拼活，一起赶到了明军的最后一道防线开城，然而现在他跟范石器却一起跪在雪地上，正在等待金天赐的处决。赵小花跪在那里，第一次有足够的时间，去端详朝鲜上空的云。他觉得朝鲜的云跟云城的云相比，总归是缺了一点什么。

正午时分，让赵小花更加没有想到的是，陈集安负责押运的几十车粮草，竟然在这时前呼后拥到达了开城，此刻已经出现在他眼里。赵小花认为粮草队能够如此迅速地赶到，简直是个石破天惊的奇迹。

陈集安到达开城郊外时，脸上和身上都布满了泥浆。他冲去位于山脚下的明军指挥营房，让站在不远处半山坡上的金天赐十分惊讶。金天赐以为那个在人群中左冲右突的人影，可能是刚刚从死人堆里爬出来的鬼。

陈集安扒开指挥营房外挤成一团的人群,他不知道这么多人挤在一起是为了什么。人群中那些伤残官兵因为无比虚弱,所以面对他的冲撞纷纷开始左右摇晃。陈集安冲进人群的那一刻,整个人惊呆了。他无论如何也无法想象,此时的范石器和赵小花竟然被捆绑,并且两个人还跪在泥泞的雪地上。

陈集安吼了一句:他娘的为什么?但他听见金天赐的侍从官用十分严厉的声音质问他:你是哪位?这里正在行刑。

陈集安随手一扯,当即将侍从官扯到一旁,像是扯开一丛可有可无的草。

陈集安说,行刑你个姥姥,信不信我先砍了你。

这时候营房里几十个五花大绑的逃兵,也相继被押到了范石器的身边。押解的卫兵狠狠地朝他们踢出一腿,于是那些人也跟范石器一样毫无选择地跪下,等待着即将到来的砍头。

十几把刀子一同举起,根本容不得商量。此时陈集安却扭了扭脖子,笔直走到了范石器和赵小花跟前。他将明晃晃的刀子挡住,说,谁敢落刀,我先杀谁!

现在金天赐站在半山坡上。从他的位置望去,原本只要他一声令下,就能看清所有的刀子都在同一时间斩落,然后地上就会出现一堆大大小小的脑袋,滚来滚去又相互碰撞的脑袋。

金天赐从山坡上走下，清了清嗓子，盯着陈集安说，你又是谁？

陈集安抬头道，别问我是谁，你先说为什么要砍头。

金天赐笑了。金天赐说，辽东铁骑第五营的逃兵，需要砍头。粮草迟迟未到，也还是需要砍头。

陈集安不慌不忙。陈集安说，如果你就是金将军，那么你的粮草我已经送到，刚才伙夫已经在伙房里淘米生火。

金天赐转身望向伙房，的确看见伙房顶上正在升腾起的炊烟。并且他抽了抽鼻子，很快闻到了铁锅里的米饭正在煮熟的芳香，这种气味在记忆中远离他很久，让他感觉熟悉又陌生。

饥饿的人群开始惊喜与骚动，金天赐却对陈集安说，晚了，粮草现在才到，你们几个犯下的还是死罪。

陈集安说不晚，催粮官到达九连城，说是粮草七天以内送达平壤，今天虽然是第八天，但这里是路途更加遥远的开城。陈集安又继续说，请问金将军，我们几个不顾生死从倭谍手里夺回粮草，到底错在哪里，又凭什么需要砍头？

金天赐的目光眨了一下，抬头望向头顶渐次堆积的云层。他说你这么胆大包天，更应该被砍头，快点告诉我，你到底是谁？

此时陈集安已经将跪在地上的范石器扶起。他说告诉你又怎么了？我叫陈集安，是云城巡检司的巡检，也是你儿子金人杰生死相交的兄弟。

金天赐说混账，竟敢信口雌黄，那么我问你，金人杰现在在哪里？

金人杰正在九连城疗伤。陈集安说，他被倭谍奸细砍去了一片手掌。

空中似乎响起一阵隐隐的雷声，金天赐在抬头望天的时候想，自己可能是听错了，那是几十里外的前线传来的明军虎蹲炮的轰鸣，说明李如松总兵已经跟倭军遭遇上。他再次盯向陈集安，并且向他靠近了几步，然后说，你刚才说的一切，用什么来证明？

陈集安说，用我的人头来作保，此刻金人杰正在九连城疗伤，砍去他手掌的倭谍奸细已经逃亡。

然而此时另外一件意想不到的事情发生了，就在陈集安给范石器和赵小花松绑的时候，不远处的伙房，突然传来一片无比惊恐的叫喊。人群惊讶，纷纷奔去伙房，他们看见很多伤兵倒在地上不停地抽搐，口吐白沫。因为忍不住饥饿，很多伤兵刚才争抢到一些刚刚煮熟的米饭，迫不及待塞进嘴里。但是现在所有的人倒在地上疼痛挣扎，嘴里的白沫渐渐变成吐出来的血，瞬间就气绝而亡。

陈集安看见被扔在一旁的拆开来的米袋，米袋上显现的一行字是丹顶鹤粮行。他还看见铁锅里煮熟的米饭上，有些地方呈现着淡淡的红色。这时候侍从官一把揪住范石器胸前的衣裳。侍从官说，敢在粮草里下毒。今天你死定了！

9

刘破问无法忘记这天发生在伙房里的一幕。他记得当范石器卡住侍从官伸过来的手腕，想要让他松手时，一旁的伙夫长却狠狠抡起坚硬的铁勺，毫不犹豫地朝范石器砸了过去。刘破问听见嘣的一声，随即看见一缕鲜红的血，从范石器的额头滑落。此时陈集安还没来得及阻拦，在场的数十名伤兵残勇就哗啦一声涌上，顷刻间对着范石器拳打脚踢，将范石器围在了斗殴场的中央。

范石器成了众矢之的，很快就被人再次捆绑，推去那些就要处决的逃兵身旁。声讨的兵勇群情激愤，呐喊声震天响起：杀了他，杀了他！

陈集安在恍恍惚惚间陷入巨大的迷茫，汹涌的呐喊几乎将他掩埋。此时空中再次滚过一阵冬雷，犹如密集的车轮从云层中碾过。

金天赐站在这场喧嚣的外围，他想不出该如何阻拦，也似乎忘记了刚才到底发生了什么。他只是听见陈集安跟他一次次叫嚣，告诉他下毒的人是丹顶鹤粮行的掌柜郑烟直，那人是蛰伏的倭谍，杀死了林白山，也砍去了金人杰的手掌。

金天赐在越来越清晰的冬雷声中聆听，他到现在才知道，原来林白山已经不在了。此刻他的视线十分拥挤，到处都是疯狂叫喊的兵勇，犹如狂魔乱舞。

金天赐想，可惜这一切都已经晚了。

事实上，金天赐在昨天傍晚就见到了郑烟直。郑烟直因为急着出城，被防守城门的明军兵勇拦住，但他颐指气使，指名道姓要直接面见金天赐将军。

金天赐是在指挥营房里见到了不可一世的郑烟直，看见他一身朝鲜人装扮。金天赐问他你是谁，我没有工夫招待闲人。郑烟直就将绑在背上的杏黄色布袋解下，坐下以后说，我是你儿子的朋友，金人杰向金将军问好。金天赐说胡扯，郑烟直却说麻烦将军给我倒杯水，我口渴。又说，请金将军帮个忙，天亮之前，网开一面让我离开开城。

金天赐笑了，觉得眼前的男人很幼稚。

但是郑烟直也笑了。郑烟直说，我给你看一样东西。

金天赐看到的，是郑烟直从布袋里头掏出来的一片惨白的手掌，离开手臂多天，低温寒冷让它渐渐趋向于干裂。郑烟直说，金将军是否还认得这片手掌？总共四根手指，这是金人杰让我带给你的。郑烟直还说，要不我来提醒一下金将军，你儿子金人杰少掉的那根食指，是被云城的一条狗给咬掉的，那条狗的主人，名叫范石器，他们可真是胆大包天。

金天赐都懒得拔刀，却说，你是不是想找死？

郑烟直却慢吞吞喝下一口水，提醒他不要冲动，冲动会让自己后悔。郑烟直说，金将军我实话告诉你，我在九连城生活了很多年，对你儿子非常了解。我不是中国人，当然也不是朝鲜人。但是我要告诉你最为关键的一点，是金人杰现在就在我们日本物见队的手上。所以你要是不网开一面让我离开这里，那么你明天见到的就不仅仅是一片手掌，可能会是金副守备惨不忍睹的尸体。

我是认真的。郑烟直最后说。

10

头顶云层翻滚。地上跪着被重新捆绑的范石器。此时行刑官正在等待金天赐的最后一声指令。

金天赐站在密集的云影中，此时他灰蒙蒙的视线里，指挥营房外几十面破败的战旗，正在凌乱的风中飘荡。他看见范石器的马被拴在一根旗杆旁，瘦弱的马一次次抬头，目光忧郁而且孤独。

没有人会知道，就在昨晚，金天赐最终为郑烟直提供了一套辽东铁骑军的铠甲，并且将他编入杨元将军所率领的明军第三梯队。铁骑军队伍随即浩浩荡荡前往王京汉城，金天赐记得，郑烟直在混入阵仗后笑容可掬回头的那一刻，留给他的是一道噩梦般的背影。也就是那个背影，昨晚令金天赐彻夜难眠，以至于当范石器后来出现在眼前，并且一再跟他提起倭谍和郑烟直时，他急着就要将这人以逃兵的名义给处决。他认为范石器不除，他送走郑烟直的底细终将被揭穿，那场噩梦也将永远在他身边纠缠，纠缠上一辈子。

然而金天赐没有想到的是，范石器的头还没有砍下，眼前又出现了一个陈集安。陈集安又振振有词地告诉他，他儿子金人杰正在九连城养伤，除了的确缺少一片手掌，什么事都没有。

他也就此知道，自己被郑烟直给要了。

要了就要了。那又能怎么样呢？他只有金人杰这么一个宝贝儿子，他赌不起。

现在陈集安什么也不管了。陈集安拔刀，凛然向行刑官走去。远远地，陈集安跟范石器对望了一眼，他想这世上还有没有世道人心？

陈集安把斩马刀指向范石器身边的行刑官，说让开！

行刑官提着刀子站在那里不动。陈集安就跨上一步，刀子在袖子上擦了一擦。他盯着行刑官说让开。我不想再说第二次。

从前线过来的传令兵却在此时风风火火赶到。传令兵手执一枚小旗，马还未停稳，人已经迫不及待从马背上跳下。他冲到金天赐跟前，声如洪钟般禀报：就在几十里外一家名为碧蹄馆的驿馆外，李如松总兵率领的明军队伍，正被日将立花宗茂为首的倭军所围困。战事异常惨烈，已经持续了很久。现场的倭军数倍于明军，明军虎蹲炮炮弹几乎用完……

传令兵说到这里终于让自己喘了一口气，声音也显得艰难无比，他说李总兵有令，命令金天赐将军带领剩余人员及足够的虎蹲炮炮弹，火速向碧蹄馆增援。

金天赐一片茫然，在传令兵的声音中陷入胆战心惊。他过了一阵才转身，望向拥挤在身后的老弱病残，感觉是望向寒风中一丛岌岌可危的草。此时那些伤兵残勇面色饥黄，脸上凝聚着惊恐的气息。面对金天赐的目光，他们相互搀扶，纷纷在萧瑟中退后。

金天赐说谁愿意跟我前往？他的声音被风吹走，现场却没有人回答。

金天赐转身，望向传令兵道，能不能让他们先吃一顿饭？他们饿了很久，粮草刚刚送到。说完他又问陈集安，粮草队中，到底有没有放心的粮食？

头顶又一阵雷声滚过，如同隐隐的战鼓。此时陈集安猛地跪下，喊了一声金将军，来不及了，等到吃完这顿饭，明军可能就兵败如山倒了。

那你究竟要我怎么办？金天赐顿足，目光远离陈集安。

在下愿意向将军请战，即刻跟范石器带上两百人的敢死队，前去碧蹄馆营救总兵李如松。

风吹得更加猛烈，陈集安的声音拍打着金天赐的耳膜。金天赐努力把愁苦的眼皮撑开，说出的话语无可奈何：两百人，说得那么轻巧。你倒是告诉我，谁会愿意跟你走？

乌云翻滚，陈集安的斩马刀反射冰冷的光。此时他望向那些残兵败勇，看到的似乎是一片无动于衷。他迅速跑到了山坡上，让自己站得更高，随后举起刀子厉声叫喊：兄弟们，跟我最后杀一次！为了辽东铁骑，也为了身先士卒的李如松总兵！

风在各个方向吹拂。现场依旧静默。此时除了从人群远处走来的王芙蓉，以及负责运粮的少数几名定辽右卫兵勇，没有人愿意跨出一步。现场回应陈集安的，只有空旷的沉默。

这时候金天赐也忍不住了。他积压了很久的烦闷到了现在彻底爆发，于是他吼了一声：谁敢违抗军令，就罪同逃兵，斩立决。

然而金天赐看见的，是眼前一团沉闷的空气。哪怕是过了一阵，队伍中犹犹豫豫站出的，也只是稀稀拉拉的十几名伤兵。

金天赐终于心灰意冷了，他觉得自己比陈集安更懂得人心。所以他看了一眼跪在地上的范石器，声音黯然飘落，说，人头不斩，士气难齐。

陈集安仿佛听见山崩地裂，也看见一场辽阔的黑夜缓缓降临。他再次看见记忆中的那把铡刀落下，咔嚓一声就是人头落地，鲜血淋漓。

如果一定要砍头，那就把我的脑袋给取走。

陈集安将刀子扔出，跪下以后一字一句说，金将军，粮草被下毒，罪责全都在我，跟范石器无关。请金将军留下范石器一条命，将我陈集安斩首示众。

然而金天赐摇头。摇完了头还是摇头。

金天赐说，你不行。你不是军人，更加不是临阵退缩的逃兵。

11

范石器跪在雪地上心急如焚，在他头顶，陈集安和金天赐两人的婆婆妈妈絮絮叨叨，实在让他烦躁。现在他感觉一场冬雨很快就要降临，因为他已经闻到了雨水的气息，雨水似乎从他的膝盖下升起。他挣扎着起身，面对陈集安时破口大骂：陈集安你到底有完没完？你到底有没有脑子？

陈集安吼了一声你给我闭嘴。范石器却望向阴霾的天空，突然就笑了。范石器声音喑哑，他说陈集安你给我听着，没有拦下郑烟直和舆图，李如松总兵早晚也会将我砍头……

此时又一位传令兵赶到。传令兵语无伦次口干舌燥，嗓音夹杂着硝烟的气息。他说前线明军危在旦夕，李如松总兵下令即刻发兵，倘若再晚一步，结果就是全军覆没。

说完传令兵抓了一把雪，急不可待塞进嘴里。他咒骂杨元将军的一位部下竟然临阵叛逃，加入倭军队伍斩杀无数明军官兵，并且直逼李如松将军。

他是谁？陈集安厉声质问。

鬼才知道他是谁，狗日的背了一只杏黄色的布袋。

范石器听到这里感觉头皮都要炸裂，他又喊了一声：陈集安我求你了，陈集安你到底要不要举刀？

泪水在范石器的脸上滚落。刀子在陈集安的手上颤抖。这时候空中掠过一道冬天里极为罕见的闪电，随即又是轰鸣的雷声。此时陈集安整个人在摇摆，他看见垂头丧气的老弱残兵纷纷抬头，像是雪地里突然长出一排茁壮的野草。风吹过他们的脸，也吹过那些灰暗的额头，现在陈集安见到的，似乎是那些人身上正在渐渐滋生起来的连绵的斗志。

陈集安泪雨滂沱，觉得自己很快就要疯狂。他看见身边的行刑官纷纷举刀，也听见为首的行刑官高喊：军令如山，斗志昂扬，砍！

顷刻间，就在陈集安眼前，十来名逃兵的头颅被砍落。

血光冲天，陈集安缓缓地闭上眼，手中的云南斩马刀渐渐举起。他在心里说了三个字：对不住！随即刀子就十分凶猛地朝范石器砍了过去……

赵小花觉得整个世界无比安静，安静到只有心跳的声音。他看见血从二哥陈集安的刀口飞出，在半人多高的空中像漫天大雪一样散开，随后飞落出去的，就是大哥范石器的头颅。那一刻赵小花并没有眨眼，所以他见到那颗胡子拉碴的头颅很豪爽地飞出，十分干脆地砸落在泥泞的雪地上，接着头颅又顺势滚了几滚，最终在一个坑洼处停住。

　　头颅的两只眼睛始终睁着，后来它血红的目光渐渐散开，散开时正好跟赵小花的视线相遇。赵小花在这样的一幕中失魂落魄，有那么一刻他恍惚以为，自己遇见的是三哥丁生金的目光，那种诀别的目光，是来自遥远的红松冈。

　　陈集安睁开眼，看见范石器一无所有的脖子。他看见一阵风，从被砍断的脖子上经过，接着空中又啪嗒一声掉落一滴水，声音很清脆，溅起许多浓稠的血。陈集安觉得脑子很空，他晃了晃脑袋，以为那滴水是自己的眼泪，等到迷迷糊糊抬头时才发现，原来那是空中掉落下来的第一滴雨。

　　冬雨接二连三，一道闪电在空中划过，雷声啪的一声炸开，让陈集安手脚发软。他感觉有一些冬雨已经砸在自己脸上，坚硬而且疼痛，也有一些继续砸向范石器的脖子，那片脖子在天空底下毫无遮挡，只剩下一片酒碗那么大的血淋淋的伤口。

冬天里怎么会下起一场雷雨？陈集安想，真是没有道理，简直是不可思议。

在开城郊外的明军前沿总部，陈集安最后终于清醒了过来，他甩了甩头，随即听见来自骨头深处的声音。

那个声音在喊：碧蹄馆！杀！

12

从开城到碧蹄馆，总共几十里地的距离，但对马背上的陈集安来说，几乎就是一刹那的时间。

大雨滂沱，陈集安一马当先，此刻他率领两百人的老弱残兵，迅速穿过一片密集的树林。树林幽暗，他没有看见雨，看见的是眼前一道飞翔的光，火红闪耀的光。他向那道光疾驰，看见许多面孔在光影中掠过：有丹东，有丁生金，有林白山，同时还有范石器。但是最后猛地跳进他视线里的，却是他必须要四分五裂的郑烟直。

陈集安咬紧牙关，心里狠狠地默念：郑烟直，郑烟直，郑烟直！

那天陈集安以呼啸的身姿，笔直冲进碧蹄馆鲜血横飞的战场。现场尸首满地，郑烟直正纠缠住李如松总兵不放，于是陈集安便夺过迎面冲来的一名倭军的长刀，直接朝郑烟直甩了过去。郑烟直身子一闪，在刀光掠过眉梢的时候，他看见了朝他冲过来的陈集安。那时候郑烟直扯了扯嘴角，让自己的马停稳，停在陈集安的马的跟前。

郑烟直盯着马背上跟一尊铜人一样坚挺的陈集安，感觉看见一段过往的时光。他端详着陈集安说，安巡检，有缘千里来相会，咱们两个还是少不了一场面对面。

陈集安哪里有时间开口，他心里只想着两个字：剁碎！

刀子砍向刀子，马撞向了马。

那天碧蹄馆的交战现场杀声震天，血流成河。因为那场雨，以及之前尚未融化的雪，战场被碾踏成乱七八糟的泥潭。血浆和泥浆混合在一起，尸体和尸体纠缠在一起。但是在许多明军和倭军士兵的眼里，那天陈集安和郑烟直的捉对厮杀可谓更加惊心动魄，以至于他们在每次紧张喘息的时候，身子都战栗不止。

郑烟直且战且退，陈集安步步逼近，一路追赶。后来陈集安猛地朝他抛出一个挠钩，将他从马背上拉扯了下来。郑烟直站在地上刀子挥舞，砍向陈集安枣红马的前腿。陈集安于是也飞身跃下，斩马刀迎着那把刀子劈了过去。刹那间火星四射，郑烟直的刀子飞出。此时陈集安左手伸出，卡牢郑烟直的脖子。郑烟直咬牙，失去刀子的手伸向绑在背上的布袋。布袋里的佛像掏出，他瞅准陈集安的额头，哗啦一声狠狠地砸了过去。

陈集安感觉眼冒金星，看见很多白碎瓷片在空中飞溅，接着郑烟直就举着那尊脑袋已被敲碎的佛像，以锋利的瓷片向他凶猛地扎了过来。

陈集安并没有躲闪，而是让斩马刀劈向了郑烟直紧握佛像的那只手。他听见唰的一声，随即看见郑烟直的半条手臂很轻易地飞了出去，很像是一截被削断的丝瓜。手臂掉落在地上，在浓稠的泥浆中汩汩冒血。陈集安并没有听见郑烟直的呻吟，只是听见郑烟直那匹马悲哀的嘶鸣。他还看见郑烟直一步步后退，而那只遗留在地上的已然离开身体的手臂，却始终将那尊脑袋被敲碎的佛像给牢牢地抓住，看上去每一根手指都是那样地顽强。

郑烟直无比留恋地看了一眼自己被切断的手，也或者是看了一眼抓在那只手中的佛像，最后他带上满身的血，跨上战马就要落荒而逃。但是此时赵小花并没有让郑烟直得逞。赵小花匆忙捡起地上的一把弓，可惜铁箭头射出时稍微一偏，最后他射中的不是郑烟直，而是郑烟直胯下的那匹马。马惨叫了一声猛地跌倒，瞬间将背上的主人甩出去很远。

13

刘破问是跟金天赐一起赶到碧蹄馆的，他负责运送虎蹲炮的炮弹。炮弹哐当一声推入炮膛，刘破问见到摔落在地上的郑烟直回头，急着想要牵回那匹名叫二丹东的马。马趴在地上哀鸣，惨烈的声音让郑烟直焦急万分。

郑烟直急忙扯住马缰，可能是想让马继续送他一程。但是他手忙脚乱着将那匹马从泥泞的地上拉起，就要带上它逃亡时，陈集安和赵小花以及王芙蓉三人，已经兵分三路向他杀了过来。

在王芙蓉的记忆里，那天当炮弹上膛的明军虎蹲炮再次开始轰鸣时，所有的人员都开始撤离。王芙蓉看见炮弹炸开，顷刻间硝烟弥漫。然而在那场遮天蔽日令人窒息的烟雾中，陈集安却始终追赶着逃亡的郑烟直，直到最后郑烟直被倭军将士重重掩护，仓皇奔向王京汉城的倭营总部。

炮弹一枚一枚落下，陈集安像疯子一样，还要继续追赶。赵小花担心陈集安会被落下来的炮弹给炸碎，于是就捡起一根木头，朝陈集安的背后砸了过去，瞬间将他砸晕。

刘破问记得，那天陈集安是被赵小花和王芙蓉从战场上抬下来的。等到陈集安醒来，那场战争已经结束。然而陈集安又火急火燎冲去刚才的战场，想要寻找郑烟直留下来的那只手。血肉模糊的手最终从团团泥浆中被刨出，陈集安扒开郑烟直顽强的手指，取出那尊沾满血泥的白瓷佛像。他看了一眼佛像的底座，看见一个差不多两尺宽的洞口，于是就对准地上一块石头，狠狠地将佛像给彻底砸碎。

佛像四分五裂，刘破问看见陈集安目光茫然。他知道此刻的陈集安无比失望，因为在被砸开的佛像里，陈集安并没有见到预想中的属于云城的舆图。

14

陈集安是在傍晚时分回到雨水中的开城。

他迈着沉重的双腿走去中午时分的刑场，跌跌撞撞找到了范石器的头颅。

接下去陈集安用雨水给范石器洗头，整整洗了有半个时辰，洗了一遍又一遍。这样的一幕，让伤心的刘破问哭成一个泪人。

最后陈集安脱下自己的衣裳，将那颗头颅包好，决定要带回云城去安葬。然而他抱起那颗人头时，才觉得异常沉重，像是重达千钧的石头。

万历二十一年元月二十七日的那场惊天动地的战役，因为发生在朝鲜王京以北的碧蹄馆，所以史称碧蹄馆战役。关于这场战役的记载，来自中朝日三方的各种史料不一而足，有些往往是互相矛盾。但是不管怎样，对于交战双方来说，那都是一场著名的战役，也毫无疑问地会被载入史册。

　　此战过后，倭军元气大伤，躲在汉城不敢轻易露头。此后过了没多久，明军又深夜奇袭，烧毁了倭军设在龙山的粮仓，将他们仅剩的存粮给烧毁。

　　粮草就是命根，倭军眼见着大势已去，于是跟明军开始了一场旷日持久的谈判。历时两年的战役，也就此步入了尾声。

　　陈集安是在两个月以后回到了九连城。在赵小花和王芙蓉的记忆里，整整两个月的时间，从头到尾，他们都没有听见陈集安说过一句话。刘破问甚至觉得，陈集安会不会就此变成了一个哑巴？

　　四五月里阳光茂盛，傍晚的天边出现一片盛大的火烧云。那天林依兰在城门前迎接陈集安，她看见陈集安抱着一个盒子，盒子里面藏了许多冰，冰冻了范石器的头颅。许大拿打开城门，陈集安抱着盒子一步一步走进去，像是走进一段悲伤的记忆。

　　锦衣卫的谍报消息是在两天后到达。据暗桩从日本方面传来的信息，逃脱的郑烟直原名叫竹下乱袍，老家在挂川城。竹下家的祖上，曾经在挂川城的街边开了一间豆腐坊。

锦衣卫带来的另外一条信息确凿无疑，说是竹下乱袍并没有向上峰呈交过明朝边境的舆图，所以那天在寂静的殿堂上，他被曾经的挚友丰臣秀吉骂了一个狗血喷头……

后来，断臂的竹下乱袍在丰臣秀吉的视野里消失，谁也不知道他究竟去了哪里。于是很多人也将他进一步遗忘，没人再会想到曾经物见队的杜鹃。

伍　云城

1

回到九连城的三天后，陈集安又回去了云城，那天迎接他的是已经被撤职的县令刘四宝。

刘四宝站在低矮的城门前，阳光晃荡让他显得比以前苍老。刘四宝将朝廷早已送达的任命书转交到陈集安手里，咳嗽了两声道：陈县令，百姓们正在翘首企盼，等待你上任新一轮的县令。

陈集安望向广袤的云城，好像望见一个全然陌生的世界。刘四宝还笑眯眯地说，陈县令在红松街的屋子物归原主，房契摆在桌上，里头的一切都是原封不动。

陈集安不明所以地笑了，笑得有点苦。他想世上怎么可能有原封不动？最起码他红松街的那座屋里，如今已经没有了丹东。

秋天在五个月后到来。落叶飘零的时候，陈集安第一次踏上前往日本的行程。

那时候战争已然终止，许多倭军撤离朝鲜，登上战船纷纷回国。

离开云城时正是清晨，赵小花和王芙蓉赶来送行，那时候陈集安笑了一笑，他说要是我一年后没有回来，你们就不用再等。这时候王芙蓉盯着枣红马陷入忧伤。王芙蓉扯了扯嘴角说，陈县令开什么玩笑，狗日的郑烟直绝对不是你的对手……

就这样，时间一晃过了五年。万历二十六年九月十八，秋天刚刚降临，当云城街头巷尾依旧充斥着五花八门的蝉鸣声时，陈集安已经再次从日本赶回。

在县府衙门，陈集安白天里被众多的公务缠身，到了夜晚，他就跟林依兰的儿子小九连讲述那些漫长的故事。

故事的结尾，跟陈集安两度前往日本的经历有关：

陈集安第一次到达日本是在万历二十一年冬季。他首先去了名古屋城，寻找明廷安插在这里的暗桩——锦衣卫名色指挥使史世用。那也是一个雪花飘飞的日子，在街边一家清酒屋，当史世用得知陈集安此行的目的时大为惊讶，他认为自己传回国内的情报无需怀疑，竹下乱袍的确没有向丰臣秀吉呈交过来自辽东边境的舆图。但是陈集安在沉默良久后开口，他说我来并不是为了舆图，我就是想取下那人的头颅。

隔壁厢房传来歌舞伎曼妙的丝竹声，此时陈集安喝下一口不怎么习惯的清酒说，不瞒史兄，此仇不报，我这辈子每个夜晚都睡不着觉。

　　名古屋位于九州岛松浦郡，是丰臣秀吉发动朝鲜战争之前，传令九州大名修筑的指挥中心及后勤基地。当战争结束，大批回国的倭军都驻扎在这里。史世用后来找来自己的助手——跟他一起暗伏在日本的泉州海商许豫以及张一学。许豫和张一学通过多方打听，并没有了解到名古屋城有个名叫竹下乱袍的伤残军士，但两人按照陈集安所提供的身高体貌等特征，认为城里有三名断了右臂的男人可能会是改名换姓的竹下乱袍。

　　陈集安花了整整一个月的时间，先后在城里守候那三名断臂男人的出现。名古屋的雪经久不断，下得十分缠绵。没有人知道，陈集安在无数个黑夜，都躲藏在凄冷的路口，耐心等待目标男人的出现。雪花在黯淡的清酒屋前一片纷乱，每个深夜，许多回国的日本军人都因为战事失利而将自己喝得酩酊大醉，又在一片抱怨声中相互搀扶，三三两两回去军纪松弛的营房。

　　陈集安跟踪的最后一名男人，的确跟郑烟直长得很像。那天陈集安在曲折的小巷中快步跟上，就要出刀时，醉酒的男人却猛地回头，朝他吐出一口臭气熏天的秽物。男人拖着一条空荡荡的袖子，盯着陈集安没理由地笑了。接着他又伤心地掉下一行眼泪，说出的一句日语，可能是乞求陈集安借他一些银子。

一年前的万历二十五年，丰臣秀吉再次发动侵朝战争，朝鲜国也再次向明廷求援。战争的消息让陈集安寝食难安，他也同时想到，只剩一条臂膀的郑烟直绝对不可能参战，那么大批军队离开后的日本国，可能正好为他寻找郑烟直创造了良机。这次陈集安甚至去了大阪和萨摩藩，但是在众多的平民和人员稀少的营房里，他同样还是没有打听到关于郑烟直的消息。

陈集安是在一个大雨倾盆的夜晚，登上了许豫为他安排好的商船，为他送行的，还有明廷潜伏在日本的另外一名暗桩——已经在萨摩藩藩主岛津义久身边担任御用药师的许仪后。

那天许豫和许仪后都身穿和服脚踩木屐，各自撑了一把捉襟见肘的伞。在送陈集安上船的时候，雨点凶猛，许豫苦笑了一声道：陈兄，回国以后好好睡觉，把你的县令给当好。

船在海上漂浮，陈集安一个人站立在甲板，全身被那场日本的雨淋透。

2

万历二十六年的九月中旬，对已经担任云城县巡检司巡检的赵小花来说，有两件事情令他记忆深远。首先是二哥陈集安从日本回来，复仇计划再次落空。再是援朝前线的麻贵总兵及邢玠尚书命人送来羽书，要求云城县即刻准备一批粮草，迅速送往朝鲜战场。于是在陈集安回到云城的第二天，赵小花被任命为负责此次运粮任务的粮草官。

九月二十日上午，赵小花赶到县府衙门向陈集安禀报：在县城食为天粮库门前，巡检司弓兵刘破问因为城北的一批百姓在征缴的粮草中掺假，跟那些人吵得不可开交，现场一片混乱。

陈集安扔下手中批阅的公文，急忙跟赵小花赶去食为天粮库。路上在云河的木桥旁，赵小花看见了小九连。小九连正带领几个叽叽喳喳的孩童，对准一些过桥的陌生人，朝他们扔出许多泥块，嘴里纷纷叫喊着打倭寇。

陈集安下马让小九连不要胡闹。小九连却抽了抽鼻子，郑重其事地问他，安叔，你说的九连城副守备金人杰，是不是就是我爹？

陈集安目光一闪，问他你是怎么知道的？小九连说因为我姓金，我叫金九连，但是为什么这么长时间，我一直没见过我爹？

河水流淌，陈集安望见视线的远方，一排水草摇曳在清澈的河底。他听见小九连又问，我爹是不是死了，安叔你能不能告诉我？

小九连流下一行眼泪，他说我爹要是还活着，他为什么要离开我娘？他丢下我不管，难道是因为我爷爷金天赐，因为爷爷是朝廷的叛徒。

陈集安茫然蹲下，将小九连的泪水擦干。之前他一直没有说，因为放走了倭谍奸细郑烟直，万历二十一年的正月二十八，五花大绑的金天赐被李如松总兵押去了前一天的刑场。就在范石器当初殒命的位置，曾经的金将军被当众斩首，喷出的血溅了一地……金天赐被斩的消息传到九连城，没过几天，就在一个雨水降临的午后，金人杰从九连城消失，包括陈文仲和许大拿在内，没有人知道他去了哪里。两年后陈集安经过多方打听，得知金人杰是流落去了浙江。据说在台州海边的桃渚千户所旁，金人杰一个人种菜捕鱼，他经常独自坐在海边，聆听海的声音，也一次次观望千户所官兵的水上操练。

现在陈集安按住金九连的肩膀，想了想却说，告诉你一个秘密，这次去日本，安叔见到了你爹金人杰。原来你爹是跟锦衣卫指挥使史世用在一起，他是朝廷安插在日本的暗桩，没人知道他的底细。

安叔你在骗我。金九连并没有惊喜。

陈集安果断摇头，你爹传回了很多重要的情报，但是所有这些事情，小九连不能跟任何人提起。因为这是朝廷的机密。

喜悦终于将金九连笼罩。赵小花看见他破涕为笑，十分认真地点头。

3

刘破问从粮库里搬来一张椅子，坐在了人群的中央。他津津有味地咬着一只烤熟的番薯，望向被他捆绑起来的在征粮中掺假的男人，恨不得将他们两人踢个半死。

番薯是在两年前传到辽东，云城人发现这种东西很神奇，不用在田里种植，哪怕是在荒山野坡上插下秧苗，它也能照样长得旺盛，而且既可生吃又可熟吃，实在是解决了很多饿肚子的问题。

刘破问现在又咬了一口粉嫩的烤番薯，觉得真是香味扑鼻，而且迅速让他填饱了肚子。他把舍不得丢弃的番薯皮一点一点吞下，又给两个掺假的男人分别扇了几个巴掌，质问他们还有没有天地良心，人家前线将士提着脑袋拼死拼活，你们两个天杀的竟然还将那么多泥土塞进了粮草中。

刘破问很认真地说，信不信我送你们去朝鲜充军？

陈集安赶到时，刘破问正让两个男人跪在地上，将掺在粮草中的泥土一口一口吃下。刘破问仰靠在椅子上笑呵呵着说，陈县令你都看到了，我今天是要替天行道。陈集安却一脚踢开刘破问的椅子，让他一屁股坐在了地上。

陈集安说，作威作福。他又告诉两个男人：家里要是大米不够，可以用番薯来凑，但是掺假的事情，以后可不能再有。

粮库里的征粮已经堆得很高，赵小花经过一番清点，觉得或许到了明天清早，自己就可以带上粮草队出发。后来他开始安排粮草装车时，却见到了风风火火奔跑过来的金九连。

金九连跑得气喘吁吁，见到陈集安时扯住他衣角，神秘兮兮地说，安叔我告诉你一个秘密，我见到了郑烟直，也就是竹下乱袍。陈集安说不许胡闹，金九连就站在阳光下显得很伤心。

金九连说，竹下乱袍刚才问我，县府衙门该往哪里走？

两刻钟前，金九连是在云河边注意上了一个陌生的异乡人。他见到异乡人独自在水边洗脸，但是他洗脸时从头到尾只用一只左手。金九连走去那人身边，才发现他右手的袖子软绵绵垂在河滩上，里头明显是空空荡荡的。他还看见异乡人有一把浓密的胡子，胡子在洗脸的时候被水打湿，然后异乡人可能在擦脸的时候比较用力，所以那排胡子竟然不可思议地脱落，直接掉进了水里。

金九连想，原来这人的胡子是假的，可是他为什么要戴假胡子？

河岸上偶尔有人经过，木桥上也有人赶着驴车，将自家的征粮送往食为天粮库。异乡人将水里捞起的胡子重新贴上，转头时见到了站在背后的金九连。他看见金九连满目狐疑，一门心思盯着他稀奇古怪的胡子，所以就笑眯眯地说，世上最美的男子，都有令人羡慕的胡子，比如说美髯公关羽。

金九连说关羽是谁，云城没有这个人。

后来异乡人坐在河滩上，似乎用一种慈爱的声音去跟金九连聊天。他问金九连县府衙门该怎么走？金九连却昂起脑袋说，我不告诉你，因为我不认识你。

异乡人说你几岁了，你叫什么名字？金九连说我不告诉你，因为我不认识你。

异乡人沉吟了一下，好像是自言自语，我本来有一个女儿的，算起来到今年是六岁。金九连说我也是六岁，你女儿叫什么名字？云城跟我一样大的女孩，我全都认识。异乡人听到这里叹了一口气，转头盯着自己空荡荡的袖子。他说我女儿叫朵朵，就是一朵牡丹花的朵朵。但是朵朵不在云城，她以前是在九连城……

陈集安带上金九连骑上马，笔直朝着城西的县府衙门冲去。

与此同时，赵小花和王芙蓉也在赶去云城土地庙的路上。金九连刚才给郑烟直指引的那条前往县府衙门的路，最终到达的也是云城土地庙。

此时林依兰就在县府衙门，她在给陈集安晒衣裳。这时候她听见院门被撞开，也看见急忙冲到她眼前的，是略显慌张的陈集安。陈集安提着云南斩马刀，身后跟着满头大汗的金九连。

林依兰很惊讶。此时她正要开口，却看见陈集安亮出一个手势，示意她不要出声。林依兰提着一条尚未拧干的裤子，许多水珠从裤管上掉落，一滴一滴将她的鞋子打湿。她不知道发生了什么，只是看见陈集安提着刀子在四周凝望，好像要寻找什么。

4

此刻陈集安踮起脚尖，嗖的一声跃上屋顶。他在层层叠叠的瓦片上落下，于是从那样的角度望去，县府衙门各个角落一览无遗。

阳光在衙门里飘荡。陈集安有一种直觉，觉得郑烟直其实离他不远，可能就是近在咫尺。他甚至闻到许多年前属于郑烟直的气息，也听见风钻进郑烟直那截空荡的袖子，同时也经过他脸上密集的假胡子。这时候后院的马厩里传来一声细小的嘶鸣，声音好像来自那匹马——陈集安五年前从朝鲜带回来的二丹东。

阳光掠过斩马刀的刀鞘，陈集安的身子即刻在屋宇和瓦片上飘飞，朝着马厩的方向赶去。他想郑烟直不远万里出现，肯定不是为了一匹马。时间一晃过了五年，二丹东早已是一匹老气横秋的马。

套牢二丹东的马缰已经从拴马桩上解开，此刻它正站在马厩的栅栏外。陈集安从空中飘落，看见那匹马目光躲闪，扭转头时打出一个微弱的响鼻。透过被推开的栅栏，陈集安注意到里头堆积如山的干草。他一步步靠近，盯着草堆底下露出来的一只靴子。站定以后陈集安并没有拔刀，而是说，出来！

金九连在县府衙门里一路奔跑。他跑到陈集安身边，发现陈集安正凝望那堆沉寂的干草，好像那里就要燃起一堆火。他睁大双眼，也见到了那只暴露的靴子，于是他喊了一声：出来！安叔已经看见你了。

草堆一动不动，金九连说你再不出来，早晚会在里面憋死。

林依兰随后赶到。她想将小九连拉到身边，小九连却说，娘你不要过来，你知不知道这里很危险。这时候草堆终于哗啦一声塌陷，迅速而且猛烈。

许多草屑开始凌乱飞舞，林依兰同时看见，有个男人从里头走了出来。林依兰想了很久才终于想起，这人是郑烟直。

郑烟直眨了眨眼，可能是云城的阳光让他觉得陌生，一下子难以适应。

陈集安站在原地，说好久不见。

郑烟直左手提着一把刀，因为他没有右手，所以就无法摘去沾在额头上的草。草屑奋拉到眼前，他用袖子挥去，然后就将刀鞘夹在腋窝底，刀子拔出的时候说，安巡检，出刀吧。

陈集安笑了，却将云南斩马刀摆上眼前的石桌。他看了一眼郑烟直闪闪发光的刀，问他一句说，有必要吗?

郑烟直陷入长久的惆怅，茫然站在自己的刀光中，似乎显得孤独。他将那排显然已经多余的假胡子掀掉，随手扔在了地上，这时候他听见陈集安问他，五年不见，你怎么已经有了白头发?

陈集安的一番话提醒了林依兰，让她觉得过去的五年时间，郑烟直的确是在迅速苍老。郑烟直的苍老不仅因为粗砺干燥的皮肤，以及出现在眼角的皱纹，他甚至连身材也缩小了一圈，犹如阳光下晒瘪的番薯。

郑烟直在阳光里无所适从，眼前的一切仿佛是虚构，就连提在手里的刀子也是多余。他看见眼前的石桌上原来刻了一个棋盘，布满了一连串的小方格。于是他问金九连，你到底叫什么名字，你是不是金人杰的儿子？金九连说算你聪明，但我不会告诉你我父亲现在是在哪里，因为那是一个秘密。

林依兰感觉所有的时光都在浓缩，包括五年前纷飞的雪，五年前的九连城，五年前血肉横飞的温泉浴池，以及五年前死去的父亲，还有五年前突然消失的金人杰。她后来看见郑烟直竟然坐下，像是远道而来的客人。

郑烟直说，能不能给我倒杯水？我口渴。

赵小花和王芙蓉从土地庙赶回时，眼前的一幕令他们瞠目结舌。他们看见郑烟直正在旁若无人般喝茶，并且在跟陈集安有条不紊地下棋。茶水比较烫，郑烟直对着漂浮在杯沿的茶叶仔细吹了一口，于是很多热气在他脸上弥漫开来。

郑烟直说，可惜我误入了歧途。我要是没有过去一趟土地庙，可能现在已经带走了二丹东。

陈集安落下一枚棋子后说，你来不是为了二丹东。

那你觉得是为了什么？

当然是为了舆图。

你怎么会这么想？

因为我们两个人一样，我们都是不撞南墙不死心。

陈集安说，我之前去日本找了你两次，不是想找你下棋，而是想杀了你，但是，我现在又不想了。

京城过来的信使就是在这时候赶到县府衙门，那时候郑烟直觉得，自己跟陈集安几乎是棋力相当。信使疾步走到陈集安跟前，给他递上一份朝廷送来的加急羽书。陈集安将羽书拆开，十分郑重地看了一眼，结果什么也没说，却把羽书送去了郑烟直的眼前。

陈集安说郑掌柜，又是一份加急羽书，你要不要一起看一眼？

郑烟直十分纳闷。他将那份羽书一字一句读完，读完以后捏在手里的棋子啪嗒一声掉落。此时他止不住掉下眼泪，然后用那张苍老的脸抬头看天。天空十分高远，以幽蓝色为背景，其中还移动着几朵散淡的云。此时头顶有一片树叶飘落，掉落进郑烟直的杯口，在他眼里像是漂浮在汪洋中的一叶小舟。

郑烟直就是在这时候唰的一声出刀，刀子无比迅速，却是割开了自己的脖子。那时候林依兰听见噗的一声，瞬间见到了泼出去的血。

鲜红的血在石桌上蔓延。郑烟直慢慢倒下，直到最后蜷缩在地上，整个身子再也无法动弹。这时候金九连问林依兰，娘，他是不是死了？

关于朝廷送来的那份加急羽书，林依兰后来知道，其中的内容原来是跟丰臣秀吉有关：

一个月前，就在日本京都府伏见城，六十二岁的丰臣秀吉抱病而亡。死前丰臣秀吉立下遗嘱，命令日军从朝鲜撤兵……

那天陈集安缓步走向二丹东，他先是盯着二丹东看了很久，接着就不加思索地将它的马缰解下。

马缰是郑烟直那次到达平壤时，用当地的粗麻绳搓成，没有人知道，当初郑烟直曾经为此耗费了多少的心机。

陈旧的马缰顺着纹理一点一点拆开，陈集安拆得非常仔细，于是到了最后他发现，马缰中显露出来的果然是两份卷在一起的舆图。舆图的其中一份属于云城，另外一份则是来自凤凰城。陈集安不会忘记，当初盗走它们的，分别是一条鞭和秦望。

那天赵小花将云城的舆图彻底展开。他看见舆图东边广阔的红松冈，云城赫然在目的东南西北四道城门，围绕城门蜿蜒流淌的云河，以及城里相互交错的街道，存放粮草的食为天粮库，四个屋角的土地庙，和一派森然的狮子口监狱……

赵小花最后看见的，是标注更加详细的县府衙门，正好位于整张舆图的中央。衙门有前门与后院，后院的左上方画了一匹正在吃草的马。马很瘦小，赵小花却很清楚，此处所代表的，正是他眼前所在的这片马厩。

郑烟直十分安静地躺在地上。一切如此虚幻，却又无比真实。赵小花一直盯着那份摊开的舆图，最后听见陈集安说，去后山找个向阳的地方，把郑烟直给埋了。

陈集安又说，可惜郑烟直回不去他老家了，这个名叫竹下乱袍的男人，就让他在云城的山坡上腐烂。

后记

1

　　万历二十六年十月，陈集安带上金九连，去了一趟江西的庐山。那天雾蒙蒙的庐山正好下了一场雨，远处的鄱阳湖又是水汽蒸腾如同人间仙境。金九连坐在陈集安的肩膀上，见到了传说中飞流直下的庐山瀑布。瀑布如同开闸的洪水，排山倒海般从空中坠落，金九连抱住自己的耳朵，在轰鸣的水声中发呆。

　　后来在一片密林深谷处，金九连又见到了一场更为宏大的瀑布，但是那场瀑布十分安静，没有任何声音，而且落下来的也不是水，好像是千万朵轻飘飘的云。

　　金九连到了这时才知道，陈集安带他来庐山的真正目的。他说安叔，那是不是就是瀑布云？

　　陈集安没有回答，一直抬头仰望。面对蔚为壮观的瀑布云，陈集安让金九连跟他一起坐下，直到奔涌过来的云雾将他们两人一起笼罩。这时候陈集安说，我们为什么要坐在这里？

金九连跟陈集安背靠背坐着。金九连说，因为安叔在想念自己的大哥范石器。他是云城四朵云中的瀑布云。

陈集安目光潮湿，视线变得模糊。他好像听见金九连又说，范石器跟安叔一样，都是顶天立地的男人，所以你们才会成为生死相交的兄弟。

陈集安去庐山的那次，赵小花带上王芙蓉和刘破问，去红松冈砍倒了一棵树。赵小花亲自将那棵红松破开，破开以后锯成一片一片晒干，晒干以后替代了云河木板桥上的那些桥板，让它们从此以后任人踩踏。

赵小花砍倒的那棵红松，就是当初那个夜晚断裂了枝丫，从而让他暴露在一条鞭头顶的那棵红松。

桥板换好的那天，赵小花倚靠着桥栏，一次次望向云河的水，好像透过那片河水，他能看见足以令他怀念的面孔。赵小花跟站他身边的刘破问说，我永远记得那天三哥为了搭救我，离开我时望向我的最后一眼。他说刘破问你可能不懂，不会知道世上有一种目光，是三哥丁生金跟我诀别时的目光。

2

因为丰臣秀吉暴亡，加上之后发生的鸣梁海战及露梁海战，侵朝日军的士气大为受挫。

万历二十六年年底，日将立花宗茂及小西行长，在友军岛津义弘的接应下，率领残部灰头土脸撤离朝鲜。至此，前后历时七年的两次朝鲜战争，以日本国的失败而告终。

据统计，两次战争中，中方伤亡军士总共三万，日方伤亡超过五万，而朝鲜国的平民，伤亡人数则高达一百多万。

战争结束后，日本朝野上下怨声不断。因为损兵折将，丰臣家族的势力也大不如前，最终走向了没落。其不可撼动的地位后来被德川家康所替代，日本国也由此进入了德川幕府时代。

（全文终）

2023 年 10 月 10 日

图书在版编目（CIP）数据

粮草官／海飞，赵晖著． -- 北京：作家出版社，
2025.1． -- ISBN 978 - 7 - 5212 - 3186 - 1

Ⅰ．I247.5

中国国家版本馆 CIP 数据核字第 2024ZM8893 号

粮草官

作　　者：	海　飞　赵　晖
责任编辑：	田小爽
装帧设计：	李　一
出版发行：	作家出版社有限公司
社　　址：	北京农展馆南里 10 号　　邮　　编：100125
电话传真：	86 - 10 - 65067186（发行中心）
	86 - 10 - 65004079（总编室）

E - mail: zuojia@zuojia. net. cn

http: // www. zuojiachubanshe. com

印　　刷：	三河市紫恒印装有限公司
成品尺寸：	145 × 210
字　　数：	137 千
印　　张：	16.5
版　　次：	2025 年 1 月第 1 版
印　　次：	2025 年 1 月第 1 次印刷
ISBN	978 - 7 - 5212 - 3186 - 1
定　　价：	48.00 元